卵を買いに

目次

本文イラスト　芳野
本文デザイン　児玉明子

期間限定の

1月10日

新年早々、ペンギンは海外へ。

そして私は、その間、表参道で仮暮らし。もちろん、ゆりねも一緒。

リフォームの続編をすることにしたのだ。


昨日、無事にプチ引っ越しを済ませた。

ゆりねを動物病院に連れていき、おなかの発疹の薬をもらってから、タクシーで都心へ。

荷物はスーツケース2個だけど、そのうちひとつは、ゆりねのフードやらトイレシートが入っているので、私の荷物としては実質1個。

本当に、必要最小限の荷物だけにした。

気分は、小旅行。キラキラのアーバンライフの始まりだ。

お正月は、自分では何もしないで迎えたけれど、コロの実家から中華風おせちが、オカズさんからは和風おせちがそれぞれ届いた。

そんなわけで、ふたをあけてみると例年以上に豪華なお正月だった。

自分がおせちをあげることはあっても、いただくことは滅多にない。

風邪を引くのも悪くないものだと思った。

結構、このやり方に、味をしめてしまいそうだ。


表参道へは、ゆりねがまだ赤ちゃんの頃、一度連れてきたことがある。

でも、覚えてはいないようで、タクシーから降りてもすぐに座り込んでしまった。

周囲の環境に慣らそうとお散歩に行ったものの、5歩歩いてはすぐに立ち止まったり座り込んだり。

やっぱり、初めての場所で緊張しているのかもしれない。

昨日は、なかなかトイレもできなかった。

これから、少しずつ環境に慣れさせて、帰る頃には、すいすいと表参道を闊歩《かっぽ》できるように練習しよう。

たった数週間の期間限定とはいえ、表参道に暮らすなんて、人生の一大事だ。

外国に長期でアパートを借りて暮らすことはあっても、国内でというのはなかなかない。

淡々と仕事をしつつ、大いに満喫しなくては。

ゆりねは、空《から》っぽのスーツケースが仮の「すまい」になった。

結構、気持ちよさそうにしている。

いつか、ベルリンへも一緒に行けるように、経験を積むこともきっと大事じゃないかしら。

今年も一年、どうぞよろしくお願いします！

夜のコーヒー

1月11日

夢の中に、ゆりねが登場した。

私の記憶する限り、初めてのこと。

赤ちゃんの頃の頼りないゆりねではなく、今と同じ大きさの、むっちりとしたリアルタイムのゆりねだった。

何人か知り合いと話しながら、左手でずっとゆりねを撫《な》でていた。

無意識の世界にまでゆりねが浸透したことが、うれしかった。

お互いにまだまだ越えなければいけないハードルはあるけれど、いつか、ゆりねをセラピー犬として活動させられないかと妄想している。

そのためには、もっともっとトレーニングをしなくちゃいけないし、私も勉強しなくちゃいけない。

でも、人懐っこいゆりねにはすごく向いていると思うのだ。

そして、一緒に児童養護施設に行ったりできたら、それはいいかもしれない。

新しい家族の形を伝えられるし、きっとゆりねが、言葉にはしにくい何かを簡単に相手に伝える役割を果たせそうな気がする。

それが、いつかの未来の、大きな大きな目標だ。

そんなことを、目が覚めて、布団に入ったままぼんやり思った。


今日は夕方から、ヴァイオリニスト・金子《かねこ》飛鳥《あすか》さんのライブに行ってきた。

近所でやるので、ふらりと行けるのがうれしい。

夕飯は、そこで出された宇宙弁当をいただく。


ライブ自体は、イメージしていたのと若干違って、かなり前衛的なものだった。

詩の朗読とヴァイオリンの演奏を組み合わせたものだったり、拡声器が登場したり、意表を衝かれた。

でも、それが良かった。

心の中で、ずっとこじ開けられずにいた頑《かたく》なな扉が、ぶわっと風が吹いて、勢いよく開いたような、そんな感じ。


ライブが終わってから、近所のカフェに行ってコーヒーを飲む。

だいたい私はカフェインに弱いので、お昼以降はコーヒーも紅茶も飲まないようにしている。

だから、夜にコーヒーを飲むなんて、何年ぶりだろう。

ちなみにその店は、学生時代に付き合っていた人が連れて行ってくれたところだ。

初めて入ったのは20年も前なのに、雰囲気が全く変わっていないって、すごいこと。


帰り道、ふと外国の街角を歩いているような不思議な気分になった。

もう何度も通ったことがある道なのに、まるで初めて歩いているような、非日常のふわふわした感じが、足元から湧き上がってくる。

夜、コーヒーなんか飲んだからかしら？　それとも、旅気分だから、夜にコーヒーを飲んだのかな。

どっちかはわからないけれど、ちょっと変。

部屋に帰ってドアを開けると、ゆりねがすぐに寄ってきて、私の足の間に潜り込んだ。表参道で初めてのお留守番だったから、ちょっと不安だったのだろう。

調べると、この界隈《かいわい》には店の中にも犬を連れて入れるカフェが何軒かあるので、今度、散歩の途中に寄ってみよう。

ゆりね、ちょっとずつ散歩が上手になってきた。

おむすびとおまんじゅう

1月15日

表参道と言っても、ひとつ路地を奥に入れば、ふつうの住宅街だ。

お豆腐屋さんもあれば、銭湯もある。

物干しには、堂々と家族全員の洗濯物が干されている。

普段だと、気合いを入れて電車に乗らなくては行けない場所に、ふらりと歩いて行けるのが嬉しい。

しかも、ゆりねを連れて行けるというのが、最高だ。

一昨日お昼に行ったおむすび屋さんもそう。

ずっと行きたかったのに、なかなか機会がなくて行けなかった。

ゆりねの散歩がてらテクテク行ったら、思いの外近くて拍子抜けだった。

お弁当を買うつもりで行ったのだけど、外なら犬連れでも食べられるとのこと。急きょ、お店の方が入り口の前にテーブルを出してくださった。

見本のおむすびを見たら、あれもこれもと食べたくなり、玄米に鮭《さけ》が入ったのと、青菜漬けで包んだ焼きおにぎり、それにお惣菜のセットとお味噌汁をお願いする。

大通りからちょっと入っただけなのに、こんなに静かで素敵な店があるなんて！

焼くのに少々時間がかかりますと言われた青菜漬けの焼きおにぎりは、周りに白味噌が塗ってあって、湯気までがご馳走だった。

お惣菜は白身魚の焼いたのと、小豆《あずき》カボチャ。

小豆カボチャは、祖母もよく冬になると作ってくれたっけ。

いとこ煮という名で呼ぶ地方もあるようだけど、私には小豆カボチャの方がしっくりくる。

青空の下で黙々と食べていたら、お店の方が小さなヒーターを出してきて、足元に当ててくれた。

ゆりねも食べたそうにするので、玄米をおすそ分けしてあげる。欲張っておむすびをふたつも頼んだから、全部食べたらおなかが苦しくなってきた。次回からは、おむすび一個で十分だ。

腹ごなしに、遠回りをしようと知らない道を当てずっぽうに歩いていたら、午後3時から開くというバーを見つけた。今度、行ってみよう。近くには、小さな神社もある。

ところで、そろそろゆりねにアレが来るのだ。犬の場合は、生理と言わずに「ヒート」と呼ぶと知ったのは、ゆりねをわが家に迎えてからだった。

念のためと思い、表参道に来る前、それ用のパンツみたいなのを用意して持ってきた。ヒートになると、お饅頭（陰部）がぷっくり膨らみ、お花みたいになるという。ただ、個体差もあるので、ナプキンが必要なくらい出血するコもいれば、自分でなめて処理してしまうコもいるとのこと。

最初の一回は、飼い主が気づかないうちに終わってしまう場合もあるという。

ゆりねの場合、どうもはっきりとしない。

一日一回はお饅頭を確認するのだけど、なかなか微妙なサインで困っている。

来たら、盛大にお赤飯を作ろうと目論んでいたのに。


今日は、雨。

お向かいさんの雨どいを、滝のように水が流れている。

今回は、本当に身軽で来たので、長靴もないし。

こんな時に限って、ケーキが食べたくなるから、困ってしまう。


部屋を出て、まっすぐ行って右に曲がり、もう一回右に曲がったらおいしいケーキ屋さんがある。

ほんの目と鼻の先だ。でも、この雨ではそこまで行くのもままならない。

いっそ、雪になってくれたらいいのにな。

そうすれば、スリッポンでもなんとか歩いて行けるのに。

ゆりねが、そのくらいのお使いをしてくれたらなと思うのだけど、実際は私の膝の上で、さっきから気持ちよさそうに眠っている。

今、午後3時を過ぎたところ。

いよいよケーキの妄想が膨らみ、雨はますます勢いよく降っている。

ノラ猫の飼い方

1月16日

朝、ゴミを出しに行ったら金太が待っていた。

金太は野良で、この界隈を拠点にホームレス生活を送っている。

地域猫として、みんながお世話しているという。


この辺りには、そういう猫がたくさんいる。

ノラ猫を見つけたら、動物病院に連れて行くと、無料で避妊や去勢の手術が受けられる仕組みができているとのこと。

手術が済んでいる猫は、耳にその印を入れられているのですぐにわかる。

すぐに保健所に通報されて殺処分、なんてあまりにも人間のすることとしてひどすぎるから、こういう取り組みは全国に広がってほしい。

金太を見かけたら餌《えさ》をあげるように言われているので、さっそく、モンプチを皿に移す。

ノラ猫だから、そんなに人に慣れていないのだけど、餌は欲しいので様子をうかがいながら待っている。

きっと、こんな感じでいろんな人から餌をもらっているのだろう。

金太は、明らかに体重オーバーだ。

前屈みになるとおなかが段々になる勢いで、きっと、10キロ近くあるんじゃないかしら？

勝手に金太と呼んでいるけれど、それぞれの場所で、いろんな名前で呼ばれているのだろうと想像すると、かなりおかしい。

私だったら、そうだなぁ、梅吉なんて名前をつけたくなる。

ノラ猫の飼い方にもルールがあって、餌をあげたらその皿をすぐに片付けることが大切らしい。

そばには、金太用の個室（段ボール箱）も置いてあって、中には、自分の体温で暖かくなるという特殊なシートまで敷いてある。

その中に、金太が入っているのを見つけると、なんだかちょっとうれしくなる。

犬と猫では、大違いだ。
従順な犬。勝手気ままな猫。
リードにつながれて散歩している犬の姿を、きっと猫は鼻で笑っているんだろうな。
あんた、散歩もひとりでできないの？　とかなんとか、小馬鹿にして。

私は断然犬派なのだけど、自分自身の性格を考えると、100％猫の気がする。
自由でいたいし。
でも、たまにはうんと甘えたくなったりして。
そう思うと、地域猫の生き方というのは、結構、理想的かもしれない。

今日は、髪の毛を切りに行ってきた。
実は、去年の夏、ベルリンで坊主にしたのだった。
40の記念というか、人生で、一度はやってみたいと思っていた。
だから今も、ものすごく髪が短い。

表参道 塩むすび

1月19日

昨日は、夕方銭湯へ。

空《す》いているかと思ったら、ものすごく混んでいた。

観光客らしい外国人もいれば、近所のおばあちゃん、親子連れ、年代も様々だった。

お湯は結構熱いので、長くは浸かっていられない。

気のせいなのだろうけど、お湯がなめらかで、ちょっと温泉っぽい気がした。

ふだんは目いっぱいよそゆきの格好をしてキョロキョロしながら歩く路地を、お風呂上がりのピカピカの顔で歩くのが不思議な感じ。


今日は、日曜日。

午前中、ゆりねの散歩へ。

ほぼ、歩くコースが決まりつつある。

とにかく、静かな方へ静かな方へ、住宅街の細い路地をくにゃくにゃと歩く。

ゆりねの好きな電信柱と駐車場、苦手な階段。必ず立ち寄る原っぱ。

来たばかりの頃は全然前に進まなかったけど、だんだん、堂々と歩けるようになってきた。

初めの頃は、勝手な思い込みで、犬を連れている人がなんだかギスギスしているような気がしたものだ。

でもそれはきっと、私自身がよそから来ていると意識して、緊張していたのだと思う。

社交的なゆりねは、犬にも人にもみんなに挨拶し、隙《すき》あらば遊んでもらおうと目論んでいる。

犬が好きそうな人が来ると、じーっと視線を送り、相手がそれに気づいて「かわいい」なとど言おうものなら、チャンスとばかりに尻尾を振って飛びついていく。

表参道でも、ゆりねはいろんな人に撫でてもらえるようになった。

昨日は、お昼時に外でタバコをふかすおじさん集団に遊んでもらい、今日は路地の奥で出会ったおじいさんに、かわいいかわいいと撫でられた。

散歩の途中、和菓子屋さんを見つけたので、苺《いちご》大福を買う。
その後、一回部屋に戻ってゆりねを置いて、紀ノ国屋へ。
紀ノ国屋のお肉コーナーにある、ハツ、レバー、砂肝がゆりねのメインディッシュだ。
心なしか、いつもよりも喜んで食べている。
きっと、ものすごくおいしいのだろう。

午後は、オイルマッサージを受ける。
これもまた、ものすごい近所だ。

他の人の部屋を借りてそこに仮住まいするのは、かなり慣れている。
だいたい、そこの台所でご飯が上手に炊けるようになると、暮らしが板についてくる。
表参道では、二回目で、無事、ご飯がおいしく炊き上がった。
塩むすび。
小さいのは、ゆりね用。

舞台裏について

2月1日

表参道仮暮らし、終了。

昨日の夜はゆりねと一緒に近くのブックカフェに行って、ビールを飲んできた。

毎日刺激があって面白かったけど、私が表参道に住んだら連日浮かれて終わってしまう。

ひと月弱の仮暮らしが、ちょうどよかった。

細い路地にも、かなり詳しくなったし。

犬と入れるお店も、わかったし。

ゆりねも、後半はすいすいと歩けるようになっていた。


そして今日、久しぶりに自宅に戻った。

タクシーが家に近づくにつれ、ゆりねが興味深そうに窓の向こうの景色を眺めている。

やっぱり、わかるのかな？

まだ工事が終わっていないので恐る恐るドアを開けて中に入った。

数日後、どんな仕上がりになるのか楽しみだ。


表参道にいる間、舞台裏ということについて考えていた。

人生の舞台裏。

華やかな、きらびやかなステージに立てば誰だって光って見える。

でも、大事なのは舞台裏の方かもしれない、と。


表向きはものすごく偉大な仕事をしている人でも、舞台裏で人を傷つけたり、悲しませたりしている人は、信用できないな、と思うのだ。

遠くの人にたくさんの寄付をしているけど、実はその人の身近な人たち、たとえば家族や友人が幸せではなかったりすると、なんだかなぁ、と思ってしまう。

大きな木には、それだけ大きな影もできる。それが真実かもしれないけど、それでも私は、表舞台だけでなく、舞台裏も清らかな人が好きだし、自分もそうありたいと思う。

ものすごく素敵なレストランなのに、実は厨房がゴミだらけだったら、がっかりだもの。

そうやって見ると、私の周りにいる人は、みんな、舞台裏もきれいにしている。


家に戻ったら、新刊が届いていた。

これも、ある意味では舞台裏のお話。

少年とサーカスの物語だ。


カバーをめくった感じも素敵なので、ぜひ！

今回の装丁に関しては100％お任せ状態だったので、私もついさっき知ったばかりだ。

これで、長編としては6作目になる。

それにしても、ちょっと不思議なテイストのお話になった。

『サーカスの夜に』は、新潮社からの発売です。


ゆりねは、自分ちに帰ってきて思いっきりくつろいでいる様子。

きっと、ゆりねなりに知らない場所に連れて行かれて、緊張していたのだろう。

表参道にいる間は、トイレの回数がかなり少なかった。

今は、自分のご自宅（テント）でお昼寝中だ。

さっき久しぶりに体重を測ったら、4・3キロで、以前と変わらなかった。

もう、成長が止まったのかもしれない。

人間に当てはめるとちょうど高校生くらいのゆりねは、今、子犬から成犬へなろうとしている。

今、ちょっと反抗期だ。

数日後、ペンギンと再会して、どんな反応を示すのだろう。

ペンギンは、まだ海外にいる。

ビールでしょっ

2月5日

ノンノンねーさんと、箱根へ湯治に行ってきた。
2泊3日、温泉にこもってお風呂三昧《ざんまい》をする。
朝から露天風呂に入れるのが、最高だった。
おとといは、ほぼ一日中、お風呂に入っていた。
服を着ている時間の方が短かったほど。
基本は裸族で、特別な時だけ衣服を身につける感じ。
頭の中を空っぽにして、最高のリセットだ。
夜も、湯治らしく精進料理をいただいたりして、幸せな2日間だった。

そこでも、ビールを飲んだ。

やっぱり、お風呂上がりはビールに限る。

表参道で銭湯に行った帰りも、部屋に着くなりビールの栓を抜いていた。

寒い冬の時期に飲むビールもまた、美味しいのだ。


きっかけは、もちろんベルリンだ。

ベルリンで、ビールの美味しさに目覚めてしまった。

ビアガーデンが、木々に囲まれたかわいい雰囲気だったのも、大きい。

読書しながら、ちびりちびりビールを飲んだり、星を見ながらビールを飲んだり、それまでのビールのイメージがくつがえった。

こうして、私も気づけばビール党になっていた。

好きなのは、コクのある黒ビール。


そんなわけで、今度の日記エッセイのタイトルは、『たそがれビール』。

これは、2012年の日記をまとめたもの。

もうそろそろ、発売になるのかな？

小学生の頃、毎日日記を書いていた。

次の日、その日記を担任の先生が読んで、一人ひとりに感想を書いてくれる。

私はそれに、空想のお話や詩のようなものを書くのが好きだった。

もしも、日々の生活そのものがキラキラしていたら、そんなことはしなかっただろう。

私にとっては、そのことが救いであり、唯一、自由になれる時間だった。

だから、あの頃の私に日記という神聖な場所があって、よかった。

そこでなら、私は自分を解放することができたのだから。

もう、ほとんど残っていないけれど、当時の日記は、私の宝物だ。

先生も、よく毎日、コメントをくださったと思う。


ペンギンは、今朝早くに帰ってきた。

ゆりねは、シッポを振ってお出迎え。

内心、覚えていたことに胸を撫でおろす私。

私にはお土産ナシだけど、ゆりねには、レインコートとドッグフードを買ってきたとのこと。

奥さんは文句を言うけど、犬は文句を言わないからね。

それが、正解だと思う。

ただ、ゆりねのレインコートは、ちょっと小さかったかも。

思いっきり、おしりがはみ出している。


ゆりねは、人生初のエリザベスカラー中。

左目が炎症を起こし、一時、目を開けられなくなってしまったのだ。


そんなハプニングはあるものの、とりあえず、約ひと月ぶりに家族が家に勢ぞろいし、川の字。

ゆりねが一緒だったので、ペンギンがいなくても、全然さみしくなかった。

リフォームも終了して、なんだかまた新しい暮らしがスタートした。

今夜は、雪見ビールになりそうだ。

ふっかふか

2月10日

家を離れている間を利用して、敷布団を打ち直してもらった。

かれこれ10年以上使っている俵屋《たわらや》さんのお布団は、かなりペタンコになっていた。

たまにクリーニングに出したりはしていたけれど、打ち直しはしたことがない。

果たして本当に煎餅《せんべい》布団がふっくらするのだろうか、半信半疑で待っていたら、想像以上の膨らみになって戻ってきた。

まさに、ふっかふか。


生地も新しくしたので、まるで新品である。

厚さでいったら、倍どころか、3倍に膨らんだ感じ。

最初にいいものを買っておけば、こうやって、繰り返し繰り返し、何度でも使えるのだ。

これで私は、もう一生敷布団に困らなくて済むだろう。

布団を使い捨てするなんて、バチがあたる。


人生の3分の1ほどはお布団の中にいるのだから、寝ている環境はとても大事だ。

ぐっすり眠れれば疲れがとれるし、その分のストレスを減らすことができる。

あまり大きな声ではいえないのだけど、私、寝るのが大好き。

毎晩、9時台には布団に入っている。

寝ている時間が、いちばん幸せかもしれない。


最近は、ゆりねを腕枕して寝ることが多くなった。

私の右側の胴と腕の間にすっぽりとはまり込み、私の右肩の辺りを枕にするのが定位置だ。

正直、もう子犬ではないのでずっしりと重たいのだけど、その重みがまた幸せだったりする。

毛が白いので、掛け布団カバーの白に紛れてしまい、寝ぼけているとどこにいるのかわからなくなるから、夜だけは目印になるようパジャマを着せるようになった。

ミルフィーユ仕立てのお布団で（今はマックスの4枚重ね）、いつも気持ちよく眠っている。

ちなみに、ペンギンは中綿入りの敷布団は使っていないので、私だけ布団のかさが増え、かなり大きな段差ができた。

なんだか、お殿様になった気分だ。

時を同じくして、ゆりね用のベッドも出来上がった。上にムートンを敷いたら、気持ちよさそうに丸まってくれた。ただ、完全に同化している。

先日、着物の取材で、アンティークの帯を扱うお店にうかがったのだけど、そこで目にしたのが、和更紗《わさらさ》の帯だった。

なんと、元は布団掛け。要するに、布団カバーだ。

おそらく、お金持ちの地主さんあたりが使われていたものだろう、とのこと。

色合いといい、肌触りといい、本当に好きなタイプの帯だった。

次にまた打ち直しをする時は、もう着なくなった着物を解《ほど》いて、それを使うのもいいかもしれない。

むむむむ

2月17日

書こうか、書くまいか迷っていたけど、やっぱり書いちゃう。

先週、NOMA（ノーマ）に行ってきた。

デンマークのコペンハーゲンにあるレストランは、世界一とも言われていて、予約がとれない。

今回は、スタッフ一同が日本にやってきて、そこで期間限定のお店を出すという。

私はただ、お誘いを受けたのでのこのこついて行っただけだけど。

最初に出てきたのは、生きたボタンエビの、アリンコ添えだった。

確かに、器は最高だし、見た目は本当に美しい。

ボタンエビも、ものすごくいいのを使っているのは、わかる。

アリンコだって、食べて害はないのだろう。

でも、本当に蟻《あり》が必要なのだろうか。

蟻でなければいけないのだろうか。

そんなことを、真剣に考えてしまった。


日本に来て、たくさん刺激を受けたのはわかる。

随所に、「うまみ」として昆布が使われていた。

でも、日本料理をなめてもらっちゃ、困る、と私は思った。

日本人を、馬鹿にしないでほしい、とも。


テーブルをひっくり返すまではしなくても、途中で食事をやめて帰った人はいなかったのかしら？

お勘定を拒否した人はいなかったのかしら？

そう思ったけれど、日本人って本当に人がいいのだ。

テーブルは満席で、予約はあっという間にいっぱいになり、キャンセル待ちで長蛇の列というのだから。

なんだか、試されているような料理だった。
おなかがおいしいと喜ぶのではなく、頭で考えながら食べる料理。
料理というより、「実験」で、そういう面から見れば、確かに面白い。
でも、単純においしいかと聞かれたら、言葉に詰まってしまう。
途中から私は、「裸の王様」みたいだと思った。
本当はみんな「むむむむ」なのに、おいしいと言いながら食べている。

日本中から、とびきりの食材を集めたのだろう。
器も、最高のものを揃えたのだろう。
デンマークから、スタッフ一同、家族も連れてやって来たのだろう。
お金がかかるのも、仕方がないのはわかっている。
でも、あのお値段はやっぱりどうなんだろう。

私は、NOMAに一回行くなら、近所の町の中華に20回行って、おなかいっぱい食べる方を選びたい。

お客さんのお財布のことも考えながら、いろいろ工夫して作ってくれる、そういう料理人が好きだ。

NOMAと町の中華を同じ土俵で較べること自体が間違いかもしれないけれど、私はなんだか、NOMAに行ってから、ちょっと悲しくなったのだ。

刺激的で楽しかったけど、やっぱり最後まで残っているのは、むむむ感だ。

いちばん印象に残ったのは、イカそうめんにヒントを得たという、甲烏賊のお蕎麦《そば》。

なんと、細切りの烏賊を、バラの花びらのスープにつけて食べるのだ。

烏賊とバラ。

その組み合わせには、思いっきり度肝を抜かれた。

さすが、外国人でなければ発想できないと思った。

だけどやっぱり、なんだかなぁ。

おふろ事件簿

2月20日

夕方、いつものようにお風呂に行くと、何やら騒々しいのである。

裸のまま、ひとりのおばさんが、「近くにお掃除の人いない？」と大声で言っている。

近くにはいなかったようで、その後、受付に内線電話をかけていた。

「なんかさ、黒いのがべたーって落っこちてるんだけど、気持ち悪いから早く片付けてくれないかしら」

そんなようなことを、かなり荒っぽい口調で話していた。

私の場合、サウナ、シャワー、最後に湯船とコースが決まっている。

サウナに入っている時、お掃除の若い女性と、もうひとり、スタッフらしい女性がブラシを片手に急ぎ足で来るのが見えた。

そして、サウナから出たところで、大きな怒声が聞こえてきたのだった。

先ほどの女性が、お掃除の若い女性に怒っている。

「もうね、これで2度目よ。ちゃんと、紙に書いて貼っておけばいいでしょ！」

その言葉を、えんえんと繰り返しているのだ。

そして、お掃除の若い女性は、ひたすら、「はい」と「ありがとうございます」を繰り返すのみ。

きっと、そういう場合には、「はい」と「ありがとうございます」しか言ってはいけないマニュアルなのだろう。

あまりに激しい怒りっぷりに、私までがしゅんとなってしまった。

それから少し騒ぎがおさまり、ちょうど顔なじみの風呂友おばさまがいらしたので、事の顚末《てんまつ》をうかがう。

どうやら、赤ちゃんのウンチが落っこちていたらしいのだ。

小さな赤ん坊を連れたお母さんが一緒に入っていて、その後に残っていたという。

オムツのとれないお子さんはご遠慮ください、と書いてあるし、もちろん、それはマナーとしてしないのが常識のはずなのだけど。
当のお母さんは、もう上がってしまい、姿がない。

そのことで、ひとつ思い出したことがある。
もう、15年くらいも前のこと。
友人の新米ママが、乳飲み子を連れてプールに行ったというのだ。
「もう、オムツとれたんだね」と私が言ったら、彼女は平気な顔をしてこう返した。
「だって、赤ちゃんのオシッコは汚くないもん、平気だよ」
そのことが原因ではないけれど、気がつくと彼女との交流はなくなっていた。

母親ってすごいなぁ、と思ったのをはっきり覚えている。
確かに、わが子のオシッコを汚いとは感じないだろう。
家のお風呂であれば、何の問題もない。
でも、そうではない人たちもいるということが、完全に頭から抜け落ちているのだ。

赤ちゃんを連れて、広いお風呂に入りたかったのはわかるけど、やっぱりオムツがまだとれない子を連れてくるのは、どうだろう。

そして、何よりも気の毒なのは、ずっと怒られていたお掃除の女の子だ。

本当は自分は少しも悪くないのに、あれだけ強い口調で怒鳴られたら、自分に非があったと洗脳されてしまいそうで心配だ。

もちろん、お漏らししてしまった赤ちゃんが悪いのでもなく、この場合は100%、お母さんに責任がある。

それなのに、お母さんは我関せずで、どこかに行ってしまったとは。

せっかく気持ちよくお風呂に入りたくて来た人たちだって、気分が悪くなってしまったし。


騒動が収まってから、外のお風呂に入り直した。

5時を過ぎても、まだ余裕で青空が広がっている。

陽が長くなったのを実感した。

春が、もうそこまで来ている。

久々の、おふろ事件簿だった。

ヤキソバの〇〇

3月3日

今日は、朝ラーだった。
午前11時。ペンギンがラーメンを完成させる。
昨日は、釜揚げうどん。
おとといは、ヤキソバ。
わが家の朝昼ごはんは、圧倒的に麺が多い。
他にも、日本蕎麦、ビーフン、そうめんと、パスタ以外の麺類が頻繁に登場する。
パンを食べることは滅多にないし、ご飯も週に1回くらいだ。
うどんはここ、ラーメンはあそこと、ほぼ、銘柄も決まりつつある。
おとといは、日曜日だったので、私が朝の炊事係だった。

冷蔵庫にあるもので、ヤキソバを作る。

ヤキソバといっても、ヤキソバ用の麺は使わない。

ラーメン用の麺を一度茹《ゆ》でてから、ヤキソバにするのだ。

その方がずっと本格的になる。


毎回、本当に適当なのだ。

味付けも決まっていない。

おとといは、セリがあったので、セリを使った。

あとは、豚ひき肉の残りがあったので、それを少々。

最初に豚ひき肉を炒め、そこに少し出汁《だし》を加えたら、茹で上がった麺を入れ、最後にセリを混ぜるだけ。

味付けは、オイスターソースと日本で作られている魚醬《ぎょしょう》、能登出汁、塩。

いつも、その日の気分で作る。

たまには、インド風にガラムマサラを入れたりして。


どうやら、それが絶品だったらしい。

朝から、ペンギンにほめられる。

ついには、ヤキソバの女王とまで、言われてしまった。

こんなの、誰でもできると思うけどなぁ、と言っても、いやいや、素晴らしい！　とのこと。


具が、セリと豚肉だけと、シンプルなのがいいのかもしれない。

途中で辛《から》いラー油をかけたりすると、変化が出て、楽しめる。


ヤキソバは私が作ることが多いけれど、ラーメンはペンギンの得意料理だ。

朝からラーメン？　と思われそうだが、とてもあっさりしているので問題ない。

今朝のラーメンも、スープが非常に味わい深かった。

先日作った塩豚を茹でた時のスープに、煮干しの出汁を合わせたという。

具は、ゆで卵とチャーシューの切れ端、のり。

ちなみに、ラーメンもヤキソバも、うちが使っているのは札幌にある西山製麺の生麺だ。

太さがちょうどよくて気に入っている。


ベルリンにも、おいしいラーメン屋さんがあった。

日本で修業したドイツ人が、本格的なラーメンを作っている。
向こうの人たちにも、ラーメンは大人気だ。
そろそろ、ベルリンが恋しくなっている私。
今年の夏はどうしようか、今、真剣に悩んでいる。

ラン・ユリネ・ラン

3月6日

自転車で行こうか徒歩で行こうか迷って、てくてく歩いてドッグランに行った。

ゆりねは、ドッグランがものすごく好き。

一週間に一回は、思いっきり走らせてあげたいと思い、昨日は散歩の目的地をドッグランにする。


片道歩いて30分弱くらいだ。

電信柱に立ち寄ったりするので、ゆりねと一緒だと結構時間がかかる。

ドッグランは大きな公園の一角にあり、今は桃の花が見事に咲いている。

ドッグランには、いつも幼稚園で連れてきてくれるので、私と来るのは2回目だ。

いつの間にか、大きくなっているゆりね。

8ヶ月の今、体重は5キロ弱まで増えた。

小型犬のドッグランの中に入れると、その中ではかなり大きく見える。

チワワとか、ヨークシャーテリアとか、ものすごく小さい。


まだ子どもということもあり、とにかく遊ぶのが大好きなゆりね。

人も犬も、そして猫も大好き。

走るのも、すごく好き。

だからドッグランは、いろんな犬と遊べるし、思いっきり走れるし、お気に入りの場所なのだ。


ドッグランでリードを外した瞬間、走る、走る。

それはそれはものすごい勢いで、耳なんか真横になびいている。

ゆりねは赤ちゃんの頃からウサギっぽかったのだけど、いまだに走り方がウサギだ。

左右の後ろ脚をきっちり揃え、ピョンピョンと跳ねるように走る。

走るというか、飛んでいる感じ。

小一時間、ドッグランで遊ばせた。
でも、私的にはドッグランって、ちょっと苦手だ。
ママさん達の公園デビューも、きっとこんな感じなんだろうな。
顔なじみの知り合いができると、また違ってくるとは思うのだけど。
どんな集団でも、集団の中にいると気が引けてしまう。

そろそろ時間なので、再びリードをつけて外に出る。
けれど、途中で道ばたに寝そべってしまい歩かないのだ。
「行くよ！」と声をかけても知らんぷり。
どうやらドッグランで、完全に体力を使い切ったらしい。
仕方がないので、帰りは抱っこして歩いてきた。
5キロ弱でも、ずっと抱えていると、結構重いものである。

そういえばペンギンも、ずっと前だけど、ジョギングに行って、帰りは疲れたと言ってタクシーで帰ってきたことがあったっけ。

でもドッグランに行ったおかげで、昨夜は寝返りを打つのも忘れ、いつになく熟睡している様子だった。

夜中、スピースピーと鼾《いびき》の音が聞こえるので、ペンギンかと思ったら、ゆりねだった。

私の腕を枕にして、気持ちよさそうに眠っている。

あんまりにもかわいいので、しばらく見入っていた。


そして、今もお昼寝中だ。


気持ちよさそうだなぁ。

ちなみに今ゆりねが下に敷いているの、私のカシミアの毛布なんですけど。

犬って、肌触りのいい素材が本当に好きだ。

1日でいいから、ゆりねになってみたい。

ドッグランと同じく、ゆりねのスイッチが入ってしまう場所がある。

ひとつは、砂場。

もうひとつは、落ち葉の上。

そこに行くと、いきなり興奮して、思いっきり走りたがるのだ。

子犬の頃、遊ばせたのが間違いだった。

ゆりねが右に左にびゅんびゅんと力任せに動くので、私は船上で大物がかかった釣り人になった気分になる。


ドッグラン、次は自転車で行こう。

古い着物

3月8日

『七緒』の春号で、原稿を書かせていただきました。

今回は、羽織から帯を仕立てるという企画です。

羽織としてはちょっと無理、という昔の柄も、帯にすることで、再び日の目を見ることができる。

着物は、着物から羽織になったり、羽織や長襦袢《じゅばん》から帯になったり、最後は草履《ぞうり》の鼻緒や座布団カバーなど、最後の最後まで使い切ることができる。

私はもともと古い着物の方が好きなので、帯に仕立てるというのは、ナイスアイディアだと思った。

20代の頃に集めた古い着物も、そうやって形を変えてあげることで、再び大活躍することができる。

今回私が仕立てたのも、もとは2000円のアンティーク着物。

それが、見事に美しい帯に蘇《よみがえ》った。

今年は、もっともっと、着物に袖を通す機会を増やしたい。

そして私は明日から、伊勢へ取材旅行に行く。

ペンギンは、初めてのお留守番 with ゆりね。

思いっきり、心のお掃除をしてきます！

伊勢うどん

3月18日

今年の花粉はかなり凶暴らしい。
伊勢から戻って一息つくひまもなく、花粉の猛襲を受けている。
あれ？　と思ったのは、日曜日の午後あたりから。
喉の奥がザラザラして、変な咳《せき》が出る。
花粉が来ているのかな、と思ったのもつかの間、みるみる具合が悪くなった。

咳や洟《はな》は序の口。
頭痛がひどくなり、挙げ句、熱が出た。
食欲もなくて、意識が朦朧《もうろう》とする。
あまりに体が熱いので、昨日ためしに熱を測ったら39度近かった。

体温を見て、ますます頭が痛くなる。

こんなにひどい症状が現れるのは、花粉症歴十数年になる私でも、初めてだ。

ペンギンは、風邪じゃないかと言うのだけど、私は絶対に花粉症だと思っている。


実は、伊勢でも一晩、体調を崩した。

吐き気がして、その後やっぱり熱が出てうなされた。

その時は体温を測っていないのだけど、昨日の苦しさと比較するともっともっと辛《つら》かったから、39度以上出ていたはず。

何か食当たりかと思っていたのだけど、もしかして、あれも花粉が原因だったのだろうか。

一晩汗をかいたら、次の日はけろっとしていたけれど。

恐るべし、花粉。

花粉以外にも、黄砂とかＰＭ２・５とか、いろいろ福袋状態になっているような気がする。

こんな福袋は、ありがたくもなんともない。

伊勢は、素晴らしかった。

神社に入った瞬間に感じる、あの清らかな空気感は一体なんなのだろう。

伊勢の人々が、先祖代々、神様をうやまって大切に祈りを込めて守ってきた土地。

その純粋な気持ちが、幾重にも層になっている。

そして、確かに伊勢は、神様に守られている特別な場所という気がする。

２０００年も前に、倭姫命《やまとひめのみこと》がこの土地を選んで神社を作ったというのも、何か特別な理由があったに違いない。

伊勢は食べ物に恵まれているから、ここだったら、天照大神《あまてらすおおみかみ》がおなかをすかす心配がない、と思ったのかな。


今回は、伊勢で伊勢うどんをいただいた。

伊勢の人たちにとって、うどんといえば、当然ながら伊勢うどん。

噂には聞いていたけれど、実際に食べるのは初めてだった。


真っ黒いお汁の中に、柔らかい麺の組み合わせ。

麺は本当にふわふわで、昔、給食に登場したソフト麺のよう。

黒いお汁は、ほんのり酢が効いていて、見た目ほどにしょっぱくない。

この地方では、お醤油にたまり醤油をよく使うという。

賛否両論あるけれど、私は決して嫌いじゃなかった。

柔らかい麺の理由は、お伊勢参りにいらしたお客様に、早くお出しするためにあらかじめ麺を茹でて用意しておいたからと知り、納得した。

伊勢を回って実感したけれど、本当にみなさん、おもてなし精神にあふれている。

その気持ちは、ずーっとずーっと昔から、連綿と受け継がれてきたものなのだろう。

それにしても、地理的には近いのに、名古屋の味噌煮込みうどんとは、正反対だ。

向こうは麺が極端に硬い。味付けも、全然違う。

伊勢うどんは、基本的には家で作って食べるものだという。

そして、具合が悪くなると食べたくなるらしい。

私も今、伊勢うどんが食べたい。

花粉のバカヤローと怒鳴りたい心境だけど、そんな声も出ない。

おしゃれさん

3月23日

この間美容室に行って、置いてあった写真集。

ニューヨークを歩くおしゃれさん達のスナップ写真だ。

じっくり見ていたら最後までページをめくれなかったので、後日購入した。

注目なのは、被写体となっているのが、60歳以上という点。

中には、100歳のおばあちゃまもいる。


みなさん、本当に素敵なのだ。

そして、それぞれの人の言葉がまた、とても味わい深い。

皺があるとか、おなかが出ているとか、そんなことはどうでもよくて、体全体が宝石のように輝いている。

どこそこのブランドを着ればおしゃれとか、そういうことではない。自分に似合ってさえいれば、オモチャのようなビーズの指輪だって素敵になるのだ。

この本に登場する女性たちは、自分にとってどういう服が似合うかを熟知している。

おしゃれって、要は自分を知ることなのかもしれない。


でも、本人だけがおしゃれしてもなぁ、とページをめくりながら思った。

だって、ニューヨークという街自体がおしゃれなのだもの。

ヨーロッパも然《しか》り。

背景にある街並みがいいと、おしゃれもグンと際立って見える。


それに、気候もある。

どんなにおしゃれをしたくたって、東京のあの蒸し暑い夏では、おしゃれをする気にもなれない。

その点ヨーロッパの夏は、気温が高くても乾燥しているからおしゃれが可能だ。

街並みや気候も、おしゃれの重要な要素だと思った。

私が学生の頃は、まだバブルの名残りで、みんながみんな、ブランド物のバッグを持っているような時代だった。

幼い子どもにまでヴィトンを持たせたりして、そういうのを見ると違和感を覚えたものだ。

それに較べると、今は若い子はお金をかけずに工夫しておしゃれしていて、その方がずっと好感が持てる。


派手な人、キュートな人、シックな人、エレガントな人、それぞれが唯一無二のおしゃれを自由に楽しんでいる。

去年、インドのホテルで友達になったスイス人のカトリーヌも、おしゃれさんだった。

ディナーの前にはちゃんと着替えて、お化粧もして現れたっけ。

90歳近いのに、その彼女が、「私は今も美しいものに関心がある」と語っていたのが印象的だった。

私の周りにも、個性的なファッションを自由に楽しむ年上の友人がいる。

彼女達に較べると、自分はまだまだ、だ。

私は、早く髪の毛が白くなりたい。

今はまだ、5%くらいしか白髪がなくて残念だ。

目指すは、真っ白な頭。

だから、鏡に写した自分の頭に白髪が増えていると嬉しくなる。

今日で、ちょうど9ヶ月になったゆりね。

一見真っ白だけど、実は背中にぽつぽつと、ミルクティーをこぼしたみたいなブチがある。

表情が、かなり大人っぽくなってきた。

小さな『リボン』　3月31日

ついさっき、文庫になった『リボン』が届いた。

今回、帯にコメントを寄せてくださったのは、ミナペルホネンのデザイナー、皆川明さん。コレクションが行われるパリへ向かう飛行機の中で、作品を読んでくださったという。

先週末、ミナの展示会に行ってきたばかりだった。

ミナは今年で20年になるそうで、今シーズンのテーマは「ダシ」とのこと。様々な食材から旨味が出て唯一無二のおいしいスープができるみたいに、まさにこれまでの20年が凝縮されたような味わい深い展示会だった。

今回、文庫本になるにあたり、カバーも新しくなった。

文庫版は、オカメインコと花の刺繍《ししゅう》で、こちらもまたすごくかわいい。
小さくなった『リボン』が、誰かの心に寄りそう存在になれることを祈っている。

今日で3月も終わり、明日から4月になる。
今は、どこもかしこも花盛りだ。
気の早い桜は、すでに葉桜の季節を迎えている。

昨日は、今シーズン初となる日傘をさして外出した。
八百屋さんの軒先には、国産の筍《たけのこ》が並んでいる。
筍ご飯をおむすびにして、桜の下で食べたい気分だ。

春の雨

4月6日

昨日は、一日しとしとと雨。

金曜日の新聞に出ていた、山崎拓さんの記事がとてもよかった。

自民党の幹事長をしていた2003年2月、アメリカの大使公邸でパウエル国務長官に説得をされたという。

イラクには大量破壊兵器が存在するから、イラクへの攻撃に同調するよう働きかけてほしいと。

その結果、当時の小泉首相がイラク戦争を支持すると表明した。

こうして、日本もイラク戦争に加担した。

イラク周辺の事情に詳しい人たちは、当時からそれに異を唱えていた。

けれど、そういう意見は無視されて、イラク戦争が起きた。

しかも、大量破壊兵器など存在しなかったのに。

山崎さんは、記事の中で、イラク戦争への自衛隊の派遣は間違いだったとはっきり述べている。

その言葉の意味は、本当に重いと思った。

山崎さんはおっしゃっている。

「イラク戦争という力の裁きの結果、「イスラム国（ＩＳ）」という鬼子が生まれたとも言えます。

私はいま、当時の判断に対する歴史の審判を受けているようにも思える。

ＩＳの製造責任者は米国であり、間接責任者は小泉首相にも、私にもあると言えるからです」

イスラム国に断固反対するとか言っているけれど、その行動を本当に野蛮なものだとしているけれど、それを生み出したのには、日本人の私たちだって無関係ではない。

小泉首相は選挙で選ばれたのだから。

山崎さんは、こうもおっしゃっている。

「安倍政権の姿勢には、強い危機感を持ちます。専守防衛から他国防衛容認に転換し、国際貢献に軍事力を投入することは、今までの安保政策を百八十度変えるものです。

地球の裏側まで自衛隊を派遣できる恐ろしい広がりを持っている。

これほどの転換は、憲法9条の改正について、国民投票で支持を得てからやるべきものです」

私は最近、自分がどんどん目隠しをされているようで空恐ろしさを感じる時がある。

NHKの夜9時からのニュースで、とても真っ当な意見を言っていると思っていた大越キャスターもいなくなって、テレ朝の報道ステーションでのコメントに期待していた古賀さんも、番組から降板させられた。
もしも筑紫さんが生きていらしたら、この状況をどう見たのだろう。
日本中が、I am Abe になってしまったら、それこそ危険だと思うけど……。

午後、雨が一瞬止んだ隙を見計らって、ゆりねと散歩に出る。
桜が散って、地面がピンク色に染まっていた。

晩ごはんは、そら豆ご飯と、アジとカマスの干物、蕪《かぶ》の葉っぱと油揚げのお味噌汁。
干物は、先日行った湯河原の温泉から買ってきたもの。
箱根湯本に、外国人観光客があふれていて、びっくりした。
知らない間に、箱根が国際都市になっている。

夜、ゆりねにヒート現象。
ちょうどテレビで犬の出産の番組をやっていたので、ゆりねにも見せてあげた。

４００円で

４月10日

お風呂の帰り、いつもと違う道を通ったら、畑の横の販売所で桜の枝が売られていた。
バケツに、２５０円とある。
てっきりひと枝の値段だと思ったら、立派な枝が何本も輪ゴムでまとめてある。
一緒に、菜の花も売られていた。
こちらは、ひと束１５０円。
４００円で、春を買った。

菜の花は、さっそくお浸しにしていただく。
細くて柔らかく、ほろ苦い。
口の中で、きゅっきゅっきゅっとなる感じがたまらない。

部屋の中で、葉桜を眺めながら食べるのは、最高だった。


今日は、筍を料理する。

ペンギンが、立派な筍を買ってきた。

うちは玄米をその都度、家庭用精米機で精米しているので、ぬかがたくさん出る。たいていはぬか床に入れてしまうけれど、春は、筍のアク抜きにも使えるので便利だ。

唐辛子とぬかを入れたお湯でコトコト煮ていると、なんともいえないほのぼのとした香りが広がる。


大きな筍だったので、半分は豚肉と白滝と共に炊き合わせ、4分の1は筍ご飯に、あと残りの4分の1は筍のお味噌汁にする予定。

筍は、野菜としては珍しく、どんなに長く火を通しても、柔らかくなりすぎない。繊維と繊維の間にお出汁がじゅわっと染み込んだ筍は、この時期ならではのご馳走だ。

今は、筍ご飯を炊いているところ。

ペンギンがたくさん食べたいと言うので、5合も炊いている。

ひと月前、伊勢から連れて帰った猫は、すっかりわが家に落ち着いた。

猫といっても招き猫。

ずっと欲しかったので、おかげ横丁の招き猫屋さんでこのコを見つけた時は、飛び上がりそうだった。

以前からわが家にいた先住猫と並べると、まるで姉妹のよう。

私の方針として、こういうのは、見えない場所に飾るようにしている。

蛸《たこ》あたま猫は、台所の一角の、調味料が並ぶスペースが定位置だ。

そして、今回伊勢からやって来た招き猫はというと、トイレの収納棚の中。

ふだんは、トイレットペーパーと並ぶようにして、置かれている。

ダルマでおまたを隠しているのが、かわいい。

そうしょっちゅうトイレの棚を開けるわけではないので、ちょうど忘れかけた頃に開けると、「あ、こんな所にいた!」と驚く。

それが、楽しい。

このコは、本当にチャーミングな招き猫だ。

いろんなものを見える所に飾るとどうしてもガチャガチャしてしまうので、見えない所に飾るというのは、結構気に入っている。

たまごサンド　4月15日

久しぶりの青空を見たら、むしょうにたまごサンドが作りたくなる。

ということで、本日の朝昼ごはんは私が担当。

よく考えると、たまごサンドは、自分でほとんど作らない。

10年ほど前に起きた私だけのサンドウィッチブームの時は、ひたすらハムサンドばかり作っていた。

でも、たまごサンドは記憶にない。

卵を茹でて、食パンに辛子バターをぬり、ピクルスと玉ねぎをみじん切りにして、ゆで卵に混ぜてマヨネーズと和《あ》える。

隠し味に、ちょっぴりゆず酢を加えてみた。

青空とたまごサンドって、なんて相性がいいんだろう。

今日は洗濯日和でもあるので、洗濯をしながら、せっせとたまごサンドを作る。

ゆりねと散歩に行ったペンギンが、お肉屋さんからコロッケとメンチカツを買ってきた。

キャベツとベーコンのスープと一緒に、食卓へ。

青空に触発されたせいで、今日は珍しくパン食だ。


たまごサンドは、どうやら辛子バターに塩を入れすぎたのが災いし、全体的にちょっとしょっぱくなった。

100点満点でいうと、73点くらいの出来。

それよりも、コロッケとメンチカツの美味しさに感動する。

うちの近くにはお肉屋さんがたくさんあって、それぞれ、コロッケやメンチカツを揚げてくれるのだが、その中でもかなりレベルが高い。

ご高齢のおばあさんが、朝9時から店を開けて揚げ物をしているとのこと。

ありがたい限りだ。

そして夜は、豆ご飯を炊いた。
白に緑の水玉模様を見ていたら、今度はむしょうにおむすびが握りたくなる。
料理脳が活発になってきた。

恋の季節がやって来た

4月25日

今週は、取材で郡上八幡《ぐじょうはちまん》へ。

水の豊かな、居心地のいい町だった。

行き帰りに乗った長良川《ながらがわ》鉄道は、なんともほのぼのしていたし、郡上八幡の駅舎は古くて美しかった。

あんな町で生まれ育ったら、感性が豊かになれそうな気がするけれど、きっと実際にそうなったら、一度は町から出たいと思うのかもしれない。

週末は、久しぶりにコロがわが家に合流している。

昨日の夕方、迎えに行ってきた。

犬同士で遊ぶのが大好きなゆりねは、ここしばらく幼稚園もお休みしなくてはいけなかったし、散歩中もあまり他の犬と交流できなかったので、久しぶりにコロと会ってはしゃいでいる。

でも、じゃれているだけかと思ったら、どうやらコロを誘っているみたいだ。

ゆりねはヒートが終わって、もう発情期も終わったかと思っていたのだけど、どうやらまだ続いていたらしい。

体的には、もう妊娠してもいいということなので、そのまま様子を見ることにする。

ゆりねが誘う。

コロが追いかける。

ゆりねが拒む。

コロが迫る。

完全に、恋の季節の到来だ。

バタバタバタバタ、あっちに行ったりこっちに行ったり、賑やかだ。

犬同士も相性があって、お互いに好きでなければそういう関係にはならないらしいので、まずは第一関門は突破かもしれない。

好き同士でも、交尾には至らない場合も多いし、たとえ交尾ができても必ず身ごもるとも限らないという。

ただ、コロはやっぱりどうしたらいいのかがわからないらしく、ゆりねを押さえても、ゆりねの頭の方で腰を振ろうとする。

犬にも、性教育が必要な時代なのかしら？

完全に人間の世界で育った犬は、もしかしたら本能的なそういうものが、薄れてしまうのかもしれない。

コロは、子犬の時分より性欲は旺盛だったけど、その相手はいつもマットレスとかだったから、発情期を迎えた生身の犬を相手にするのは初めてなのだ。

ちょっと薄暗い方が盛り上がるんじゃないかと、明かりをひとつ消したりして。

最初はお互いに顔を近づけて匂いを嗅ぎっこし、それからだんだん動きが激しくなり、ある程度すると休憩する。

結構体力を使うのだろう。

そんな2匹の恋の駆け引きをサカナに、人間ふたりは、濁り酒を飲む。

郡上八幡の酒屋さんで買ってきたこのお酒、かなりおいしい。

やっぱり、水がおいしいからお酒もおいしくなるのだろう。


昨夜は、炭酸水で割って飲んだ。

そうすると、大人サイダーになってスイスイいける。

郡上八幡のお酒に、すっかり虜《とりこ》になってしまいそうな予感だ。

取材が終わってから、帰りがけに飲んだ郡上八幡の湧き水で仕込んでいるというビールも
また、最高だった。


気がつけば、ゆりねの方がコロよりも重たくなっている。

ゆりねはおなかが大きくて、ムチムチしていて、お母さん体型だ。

うちに来た頃は、あんなにやせてたのに。

山菜の宴

5月3日

昨日は一日、朝から台所仕事。

待ちに待った山菜が届いたのだ。

ということで、山菜の宴を開く。

お客様は、オカズデザインのふたりプラスそらまめ（犬）。

いったい、このメンバーでどれだけ美味しい時間を共有しているのだろう。


山菜は、美味しいけれど、食べるまでに手間がかかる。

畑で人が作ったものではなく、山に自生している野菜だから、アクも強いし、丁寧に洗ったり湯がいたりしないとおいしく食べられない。

昨日届いたのは、コゴミ、赤コゴミ、こしあぶら、山うど、しどけ、あいこ。

それぞれクセのある味なので、ただ茹でて食べてもおいしくない。

味を見ながら、一歩一歩進むつもりで料理する。

久しぶりに、料理脳が全開だ。


前菜は、日本で作られている生ハムと、いろいろ山菜のマリネ。

天ぷらは、コゴミとこしあぶら、タラの芽。

山菜のお重に入っているのは、赤コゴミの胡麻《ごま》和え、あいこの白和え、山うどの含め煮、コゴミのクルミ和えの、4種類。

2年前の夏、一緒に行ったドレスデン近郊のワイナリーの、最後の1本を飲む。

あとは、ニシンの西京炊きに、しどけのお浸し、山うどの葉っぱで作ったうど味噌、牛肉とタケノコのイタリア風ソテー。

最後は、タケノコとフキのちらし寿司と、玄米スープ。

犬たちも、幸せな夜だった。

ゆりねバーグ

5月7日

いい連休だった。

毎年、これくらいちゃんとお休みだったらいいのに。

今年は風邪をひいてお正月気分を味わえなかったので、ゴールデンウィークがお正月みたいだった。

私は、どこにも出かけず、ひたすら家で本を読む。

風が、おいしかった。

ゆりねが、自分のベッドで気持ち良さそうにシエスタしてた。

コロとゆりね、今回は実らず。

もともと、今回は「お試し」だったので、状況がわかっただけでいい。

コロは、欲求不満がたまったのか、実家に帰ってから、他の犬に当たったらしい。

そして、体調も崩した。

かわいそうに。

なんだか、やりたくてやりたくてやりたくてできなかった高校生の男の子みたいだ。


連休中も、一泊だけうちに来た。

そろそろゆりねのフェロモンも薄れているのか、この前ほど激しくない。

それでも、やっぱりゆりゆりねの頭を抱えて腰を振ろうとする。


「コロ、違う、後ろから！」などと、外野席からアドバイスするも、コロには伝わらない。

幼稚園の先生に話したら、「ゆりねちゃんは自分から誘うタイプではないので、そういう場合は、人間の介助が必要かもしれません」とのことだった。

でも、ねぇ。

本人たちの意思に反して無理やり交尾させるのも、飼い主としてはためらってしまう。

さて、次回はどうなるか。

今日は、ふとひらめいて、ゆりねのためにハンバーグを作る。

犬を飼っている人にとって、手作り食にするか、ドッグフードにするかは大きな問題。

私は、両方をあげているけれど、フードと手作り食（主に肉）では、明らかに食べた時の満足感が違うのだ。

つまり、フードをあげた時は、人間がお肉を食べていると欲しがるけれど、お肉をあげた時は、いくらこっちでお肉を食べていようが催促しない。

お肉を食べた時は、ものすごく満ち足りた表情をしている。

獣医さん曰く、フードは栄養補助食品のようなもの。

確かに栄養バランスは優《すぐ》れているけれど、それで幸せかというと、どうなの？　という感じらしい。

ゆりねは食べることが大好きだから、やっぱりおいしいと思うものを食べさせたい。

ということで思いついたのが、ハンバーグ。

同じ種類のお肉だけをあげると調子が悪くなるので、それならいろんなお肉を混ぜてハンバーグにしてみたらいいんじゃないかと思ったのだ。

そこで、豚、牛、鶏を1対1対1の割合で混ぜ、更にゆりねの好きなそら豆の粉末も入れ、丸めて焼いてみた。

試しに1個あげると、大喜びで食べている。

やっぱり、フードの時とは喜び方が全然違う。

ちょっと気になったので、晩ごはんの時、人間も試しに食べてみたら、おいしいのなんの！

どうして今までハンバーグに鶏ひきを入れていなかったのだろう。

入れた方が、味に丸みが出て、より濃厚になる。

塩を全く入れなかったけれど、全然気にならない。

ケチャップとソースを混ぜてつけたら、最高だった。

味見のはずが、1個、2個と食べてしまう。

その様子を、恨《うら》めしそうに見つめるゆりね。

ゆりねバーグ、予想以上のおいしさに嬉しくなった。
これを、ゆりねのごはんの定番にしてあげよう。

ところで、今日冷蔵庫を開けて、びっくりした。
小鳥が2羽、並んでいる。
小鳥は、ふだん食事の時に使っている箸置き。
私じゃない。ということは、ペンギンしか考えられない。

冷蔵庫に箸置きとは！
でも、仲良く寄り添っていたから、まぁ、いいか。

卵を買いに　５月16日

朝、10時過ぎに家を出て、卵を買いに行く。

ひとりだと、５分もかからない距離だけど、ゆりねも一緒なので、寄り道しながらゆっくり歩く。

いつもは玄関先に設けられた棚に置かれていて、勝手にお金を入れて買うシステムなのだが、今日はさっきまで雨が降っていたからか、「卵を欲しい方は自宅のチャイムを押してください」とのことだった。

呼び鈴を押すと、タタタタタと階段を下りる音がして、男の子が顔を出した。

多分、小学４年生くらいだと思う。

「卵ください」と言ったら、「どの種類ですか？」というので、５００円の赤茶色のと答える。

今日は、家中の小銭をかき集めてポケットに入れてきた。

10円玉と50円玉と100円玉をごちゃ混ぜに渡すと、熱心に数えている。

雨上がりだったせいか、朝食タイムと重なったせいか、ニワトリ達が広い庭を元気よく戯《たわむ》れていた。

ゆりねは、ここのニワトリも大好きで、前を通ると必ず金網越しにニワトリ達を観察する。

そのまなざしは、幼い頃のララちゃんにそっくりだ。

ララちゃんも、ただただじーっと、ニワトリを見ていたっけ。

ゆりねは、自分も中に入って遊びたいのだろう。

今日も、なかなかそこから離れようとしない。

一羽のニワトリが、そんなゆりねに気づいて、そばまで来てくれた。

金網越しに、顔と顔を寄せて見つめあっている。

通りがかりのおばさんに、クスクス笑われていた。

今夜は、お客様。

今度お仕事をご一緒するイラストレーターさんと編集者さんをお招きするのだ。

ものすごーく楽しみ。


今読んでいる『失われた名前』が、とても面白い。

著者のマリーナさんは、おそらく南米のどこかの国で産声をあげた。

けれど、5歳くらいの時に自宅近くで誘拐され、その後、ジャングルの中に放置された。

マリーナさんを救ってくれたのは、サルの群れ。

サル達と共に、ジャングルの中で数年を過ごした。


私が読んだのはここまでだ。

マリーナというのはあとから自分で自分につけた名前で、両親から贈られた名前はわからない。

誕生日もわからない。

だから、自分が今何歳か、正確なところも不明だ。

でも、そんな過去を持つ彼女が、イギリスに渡って、結婚し、子どもにも恵まれて暮らしているというのだから、すごいことだ。

サルの群れが彼女を仲間と認めてくれなかったら、彼女の運命もまた、違っていたのかもしれない。

本日のメニューは、こんな感じ。

生ハム
新玉ねぎのすり流し
お豆のサラダ
天然ヒラメの昆布〆
アスパラガスの卵のせ
江戸前穴子
山菜の天ぷら
からすみ蕎麦

お揚げと生揚げの姉妹煮
（食べられそうだったら）おこげ揚げ

穴子は、白焼きにするか、煮穴子にするか、迷っている。
山菜は、これで今年の食べおさめかもしれない。

寝ているゆりねを見ると、つい写真を撮りたくなる。

余韻をあじわう　5月18日

女子会はいいなー。

最高だった。

女子だけの宴って、なんて心地いいのだろう。

お客様でたくさん料理を作ると、翌日も残った料理で余韻を楽しむことができる。

朝ごはんは、穴子丼だった。

江戸前穴子があまりに良かったので、全部を白焼きにするのではなく、半分は煮穴子にして残していた。

本当は穴子の骨と頭があればベストだったのだけど。

それでも、十分に味わい深かった。

お土産にいただいた北海道のアスパラガスは、みずみずしくてすごくジューシー。ポーチドエッグをのせて食べる。

アスパラガスって、なんてフォトジェニックな野菜だろう。

見ているだけでも、心が弾む。

こんな贅沢《ぜいたく》な味を、2日連続でいただけるとは、幸せだ。

女の人しかいない宴は、静かで、馬鹿騒ぎにならないのがいい。

節度をわきまえて飲むのもいいし、「ほろ酔い」を楽しめる余韻がいい。

男の人同士の飲み方を見ていると、どうも、「どっちが多く飲めるか」を暗に競い合っているようなふしがあり、もう相手が十分酔っているのに、それでも「まぁまぁまぁまぁ」みたいに、とことんまで相手を潰そうとする感じがどうも解せないのだ。

ただひたすらお酒を飲んで料理に手をつけない、なんてこともないから、作っている方も作りがいがある。

ゲストのおふたりは、共に食べ上手だった。

私が女子だけの宴に酔いしれている間、ペンギンはペンギンで、念願のお寿司屋さんに行き、「ひとり贅沢寿司」を楽しんできたというから、お互いにハッピーな夜だった。

そしてついさっき、『失われた名前』を読み終えた。

素晴らしい。最後のページで、思わず涙があふれてくる。

ジャングルでサルと共に生きていたマリーナは、勇気を振り絞って助けを求め、自ら人間の世界に戻る。

けれど、彼女を待ち受けていたのは、暴力に続く暴力だった。

信じては裏切られ、また信じては裏切られる。

彼女は、名前を転々としながら、幾度も、死に直面する。

それでも、ぎりぎりのところで彼女は生き延びる。

いつか愛する人に巡り会って、家族を作ろうという決意が、彼女を踏みとどまらせ、堕落させなかった。

きっとそれは、もう記憶には残っていないけれど、マリーナの生まれた家庭の優しさや温かさが、魂の奥底に刻まれていた結果かもしれない。

そして、人間である自分を受け入れてくれたサルの世界が、彼女に賢さをもたらしたのだと思う。


ある日マリーナは、彼女のことを真剣に気にかけ信じてくれたたったひとりの隣人によって、闇の世界から脱出する。

そして、ようやく「ルス・マリーナ」という名前に辿り着く。

それがおそらく、彼女が14歳くらいのこと。


ルスは「光」、マリーナは「海」という意味だという。

こうして彼女は、ようやく、動物でもなく、ストリートチルドレンでもない、ひとりの人間として生まれることができた。

マリーナはのちにイギリスに移住して、パートナーと出会い、ふたりの娘と3人の孫に恵まれたそうだ。

その家族が、ジャングルのような場所で一本の木に勢揃いしている写真が印象的だった。

マリーナの笑顔が、すごくいい。

しみじみと余韻の残る作品だった。

読みやすくて、躍動感がある翻訳も見事!

黄金の火曜日　5月26日

今日は、ゆりねが幼稚園に行く日。

朝、幼稚園バッグを出しておくと、「そうだよねっ、今日は幼稚園に行ける日だったよね！」とわかるようで、9時半に園長先生が迎えに来てくれると歓喜する。

ふだんは滅多に走らない廊下を全力疾走し、園長先生が持ってきてくれたケージの中へ直行するのだ。

飼い主として、うれしい反面、ちょっと複雑でもある。

幼稚園から帰ってくる時は、逆になかなかケージから出ようとしないのだから、幼稚園がよっぽど好きなのだろう。

最近思うのだけど、わが家はゆりねにとって快適すぎるのではないかと危惧《きぐ》している。

平和ボケ、みたいなものだろうか。

幼稚園を休んでいた一ヶ月半の間に、ゆりねはかなりマイペースな犬になった。

以前からおっとりしていてマイペースだったから、スーパーマイペースということだ。

幼稚園の先生からは、刺激をたくさん与えるようにとアドバイスされた。

確かに、私とずっといると、まったりしすぎてしまうかもしれない。

なんの不安もなく、不満もなく、満たされているというのはいいことだけれど、反面、成長を止めてしまう恐れがある。

ゆりねバーグも、確かに喜んで食べているのだけれど、どうなのだろう。

あまりにごはんがおいしすぎると、そのことだけが生きる喜びになってしまい、他のことへの興味が薄れてしまうのではないか。

それはもちろん、人間にも言えることだ。

毎日おいしいものを食べることはもちろん幸せなのだが、ハングリー精神はなくなっていく。

というようなことを、今朝、ペンギンとビーフンを食べながら話した。

ペンギンは、先週から学校に通っている。

学校と言っても、週1回、2時間弱の社会人学校だ。

江戸文化の講座を選んだとか。

ということで、本日火曜日は、ゆりねは幼稚園、ペンギンは学校なので、私はのびのび。

久しぶりに、ひとりゴハンだ。

週に1回、手抜きができるのもいいものである。

ゆりねバーグが果たしていいのだろうか、と疑問に思いつつも、また今日もゆりねバーグを作った。

部屋中に広がる、お肉の匂いと言ったらもう。

人間でさえこうなのだから、犬のゆりねにとっては相当悩ましいはず。

さてと、ただいま夕方の5時を過ぎたところ。

ゆりねが帰ってくる時間から逆算すると、お風呂に行くなら、今しかない。

でも、今日は気温が高くて、まだ外は暑そうだし。

無理してまでお風呂に行く必要はないので、どうしようかな。

ビールを飲むには、絶好の空だし。

ゆりねバーグをつまみにビールを飲んだら、おいしいだろうなぁ。

ひとりだから、ゴハンだって適当にあるもので間に合わせられるしなぁ。

ビールにするか、お風呂にするか。

んー。

やっぱりせっかくだから、ビールにしちゃおう。

たまには、録画しておいたドラマでも見ながら晩酌するのも、いいかもしれない。


散歩の戦利品のお花。

公園の一角にあるイングリッシュガーデンを歩いていたら、たまたま剪定《せんてい》をしていたので、もったいないからくださいとお願いしてもらってきた。

女性がババッと手にとってまとめてくれた形のまま花瓶に活けただけなのに、とてもきれいにまとまっている。

今まで活けた花の中で、今回の花がいちばんこの花瓶に合っているかもしれない。

花の名前は、難しくて覚えられなかったけど。

花瓶も、なんだか嬉しそうだ。

暑さ対策

5月30日

朝昼ごはんは、今日も冷やし中華。
いったい、今月何度めの冷中だろう。
まだ5月なのに。
でも、こう暑いと、冷中ばかり食べたくなる。

私的には、具はシンプルに、胡瓜《きゅうり》と蒸した鶏のササミの2種類くらいなのが好きだ。
でも今日は、胡瓜なしの冷中だった。
どうやらペンギンが、買ってきた胡瓜を誤ってすべてぬかに漬けてしまったらしい。
胡瓜なしの冷中なんて冷中じゃない！　と思ったけれど、とりあえず食べてみる。
なんだか、盛り付けも大雑把《おおざっぱ》で、田舎のおばちゃんが大急ぎで作ったみたいだ。

でも、茹でたもやしが入っていたのでシャキシャキ感があり、胡瓜のいない寂しさを紛らわせてくれていた。


最近のブームは、ゼリーと寒天だ。

これ、暑さ対策に威力を発揮する。

お年寄りのいる施設でも、お茶などをゼリー寄せにして出していた。

確かに、冷たい飲み物を飲むよりも、冷たい固形物を入れた方が、冷たさが長持ちする。


ゼリーは、もっぱらコーヒーゼリー。

ふだん飲むコーヒーの倍くらいの濃さで淹《い》れたコーヒーを、ゆるーくゆるーくゼラチンで固める。

スプーンですくえるかすくえないかくらいのユルさにするのがミソで、私は、５gのゼラチンパウダーに対して、４００ccのコーヒーを使う。

食べる時は、はちみつと牛乳をかける。

食べていると、最後はコーヒー牛乳みたいになって、これがまたおいしい。

寒天は、本当に水を固めただけのシンプルなもの。

こちらも、ギリギリのユルさにするのがポイント。

食べる時は、黒蜜ときな粉をかけて。

ちなみに、黒蜜も自分で作っている（簡単）。


冷蔵庫には、このどちらかが常備されている。

あとは、甘酒を作り置きし、暑い時に飲んでいる。

甘酒は、ゆりねも大好きで、ガブガブ飲む。


ゆりねの暑さ対策は、濡れTシャツだ。

散歩の時は、Tシャツを水で濡らして、それを着て出かける。

一年前の私だったら、「こんなに暑いのに服なんか着せられちゃって、なんて可哀想な犬。飼い主のエゴで犬に服を着せるとは！」と憤慨していたに違いない。

でも、ゆりねは暑がりだから、冬よりもむしろこの時期の方が、服を必要とする。

なにせ、あたたかい毛皮を着ているので。

そして、家の中では濡れタオルが効果的だ。

インドで見つけたこの布は、さらりとした手触りで、気持ちいい。

これを、そのまま上にかけたり、胴に巻きつけたり。

こんな感じで、インドのおじさん達も、腰にゆるーく布を巻きつけて、道端に立っていたのを思い出す。

この夏も、目指せクーラーゼロ生活。

犬も人間も、工夫して暑さを乗り切るのだ。

ゆかた

6月10日

最新号の『七緒』は、ゆかた特集だ。

ゆかたは、パジャマみたいなものだから、なんとなく外に着て、ましてや遠出するのはかなりの抵抗があった。

よって、夏に着物を着るのは大賛成だけど、私は、ゆかたではなく、麻の着物を贔屓《ひいき》にしていた。

けれど、麻のわんこゆかたに出会ってから、ゆかたもいいものだと思うようになった。

その、わんこゆかたを着て出かけたのが郡上八幡で、今回、『七緒』の特集記事になっている。

郡上八幡といえば、郡上おどり。

踊りのシーズンはこれからなので、実際のお祭りには参加できなかったけれど、気分は存分に味わえた。

郡上おどりの三種の神器は、ゆかた、手ぬぐい、下駄とのこと。

そのうち今回は、手ぬぐいと下駄を現地調達した。

手ぬぐいは、地場産業のシルクスクリーン印刷を用いて、たくさんの柄から色などを選び、オリジナルの一枚を作り大満足。

下駄も、地元産のヒノキを使った無垢《むく》の一枚板に、好みの鼻緒をすげてもらうことができる。

本来、下駄に使われるのは柔らかい桐《きり》が多いのだが、郡上おどりは地面を下駄で叩《たた》いて音を鳴らすのが醍醐味《だいごみ》なので、柔らかいとすぐに歯が折れてしまう。

だから、丈夫な一枚板のヒノキを使って、踊りのための下駄を作るのだ。

それでも、踊りが終わった後の会場には、下駄から削れた木屑がそこら中に散乱しているというから、踊りへの情熱を感じずにはいられない。

私は、塩瀬の半幅帯と同じ藍色の鼻緒を選んだ。鼻緒には、こぎん刺しの模様が刺繍してある。

それを、踊っている最中に下駄が飛ばないよう、かなりきつめにすげてもらった。歯の裏側にゴムを貼っていないので、歩くたびにカランコロン鳴るヒノキの下駄は、郡上おどり専用だ。

4日連続で朝まで踊り明かすという盂蘭盆会《うらぼんえ》にいつかマイ三種の神器で参加したいと目論みつつ、まずは青山で開催される郡上おどりに参加したい。

今回の『七緒』は、ゆかたの上手な着方など丁寧に解説してあって、盛りだくさんだ。着物はじめに、まずゆかたから入るのはすごくいいことだし、日本人として、ゆかたくらいパパッと美しく着られるようになりたいもの。

私としては、大好きな石田千《いしだせん》さんと特集でお隣さんになれたことも、うれしい限りだ。

ところで、夏の着物で、ひとつ思い出すことがある。

お茶のお稽古に通っていた時のこと。

透け感のある薄物の着物でいらしていた女性が、着物はきっちり着ていたのに、後ろから見たら、あらららら、パンツの柄が丸見えになっていた。
ご本人だけが気付いていなくて、お気の毒だった。

そう、そうなのだ。
夏の着物って、結構透けるから、下着には気をつけなくちゃいけない。
袷《あわせ》の着物の場合は、生地が厚いのでそんな心配もないし、ノーパンが正式な着方。
その方がおトイレもしやすいし、そのためにおこしも巻いている。
そもそも、昔はパンツなんてなかったのだし。
私も、お稽古に通っていた時は、そうしていた。

でも、夏はさすがにねぇ。
ノーパンなら涼しいだろうけど。
そんな訳で、夏の着物の時は、いろいろ考えなくちゃいけない。
その点、ちょっと前に買った麻の肌着は、優秀だった。
甚平《じんべい》みたいに上下に分かれ、下はステテコみたいで穿《は》きやすい。

しかも涼しくて、最高！

わんこゆかたは、2年前、同じく『七緒』の取材で高知に行った時、取材とは全く関係なくたまたま通りかかった呉服屋さんで、衝動買いしたのだった。

そのまま原稿料が流れてしまい、自分で自分に呆《あき》れたのだが、今回、こうして日の目を見ることができて、よかった。

まだ私が愛犬家になる前だから、なんだか予言めいている。

しかも、無数に描かれたわんこのシルエットが、ゆりねにそっくりで笑ってしまう。

今年の夏は、わんこゆかたを着て、ゆりねと散歩しようと思っている。

ルームメイト

6月13日

昨日は、ペンちゃん焼き肉だった。

ペンギンが、韓国食材店からお肉を買ってきて、家のグリルで焼いてくれる。

他にも、キムチやらサンチュやらあって、気分は韓国だ。


お肉は、タン塩とハラミで、ハラミはすでにタレで味がつけてある。

私は食べる専門なので、座って待つだけ。

天ぷらの時は、私が揚げる専門でほとんど立ったまま食べなくてはいけないから、逆に焼き肉の時は楽ができてうれしい。

これから暑くなって台所仕事が億劫《おっくう》になるから、ペンちゃん焼き肉、大歓迎だ。

ところで、最近うちのベランダにトカゲが住んでいる。

いつもいるわけではないけれど、どこかに消えたと思ってもまた戻ってくる。

ゆりねに見つかって捕食されはしないかとハラハラするけど、もっと恐ろしいのはペンギンだ。

だって、虫を見つけると大騒ぎするのだもの。


つい先日も、ぎゃーぎゃー騒いでいた。

来てくれとうるさいので何かと思ったら、虫がいるとのこと。

しかもよく見ると、虫じゃなくてゴミ。

こういう時、ペンギンは本当に戦力にならない。

どうやらペンギンは、まだわが家のトカゲに出会っていないらしい。


だけど、虫がいる方が普通なのだ。

鎌倉にも、虫がたくさんいた。

数ヶ月間の仮住まいをしていたのは、ちょうど2年前のこと。

行ったその日に、ムカデが出た。

後から知って青ざめたのだけど、ムカデは決して潰してはいけなかったらしい。

そうすると、仲間を呼ぶ信号のようなのが出るらしく、もっと集まってきてしまうという。

しかも、ムカデは必ず夫婦でいるので、1匹いるということは、もう1匹いるとのこと。

刺されると、かなり痛いらしい。


鎌倉在住のみなさんは、それぞれにムカデの対処法をお持ちだった。

多いのは、生きたまま熱湯をかけるやり方。

先日お世話になったカメラマンの方は、ムカデを油の中に漬けておくとのこと。

そうするとその油が、いざムカデに刺された時の薬になるという。

他にも、ムカデ用の大きいピンセットを用意しておくといいとか、洗濯物を取り入れる時は必ずムカデが入っていないか確認するとか、靴を履く時も気をつけるとか、対策を考えている。

ムカデ対策のノウハウをいろいろ聞いていたら、「えっ？　東京にはムカデいないんですか？」と逆に驚かれた。

確かに、東京にはムカデ、あんまりいないかもしれない。

怖いといえば、お化けも怖かった。

今だから書けるけど、私、鎌倉で何回金縛りにあったかわからない。

行ってすぐの晩から金縛りにうなされ、そうだよなぁ、鎌倉はいろんなところで血が流されているから、そういう方たちがいても、おかしくないなぁ、と妙に納得した。

ある時なんか、真昼間のお昼寝中にも現れて、お昼寝くらいさせてください、と思ったのを覚えている。

私は特に、何かが見えたり感じたりする体質ではないから、そういうのに敏感な人は、さぞかし大変なんじゃないかしら？


多分、ムカデもお化けも、湿気によるのだと思う。

カラリとした場所には、ムカデもお化けも出ないのでは？

あのジメジメっとした空気が、いろんなものを呼ぶんじゃないのかなぁ。

鎌倉には、いろんなルームメイトがいた。

それに較べると、うちのトカゲは、無味乾燥なわが家のベランダで、よく生きている。

ザ・釜飯

6月27日

6月はペンギンとゆりねの誕生月なので、お祝いで軽井沢に行ってきた。

ゆりねは、初めての新幹線。

ドキドキしたけれど、乗車中はケージの中でおとなしくしていた。

軽井沢の空気の心地よさは犬にもはっきりわかるらしい。

お散歩に行くと、ぴょんぴょん跳ね、思いっきりはしゃいでいる。

明らかに喜んでいるので、こちらとしても嬉しい。

食事にも犬を連れて行けるし、部屋も一緒だったし、ゆりねにとっては大満足の2泊3日だったと思う。

人間も、のんびりと温泉に入ることもできたし、エステもしたし、美味しいものもたくさんいただいたし、何よりも東京とは一味違う澄んだ空気をたっぷりと堪能した。

あー、ゆりねが稼いで、軽井沢に別荘を買ってくれたらいいのになー。

ペンギンが本領を発揮したのは、帰る日。

最初は、帰宅してから食べる夜のお弁当を東京駅で買う計画だった。

けれど、「まてよ、軽井沢には釜飯があるはず」と言い出したのだ。

「釜飯？」と私。

以前も地方で有名な釜飯をいただいたことがある。

でも、また食べたいというほどの印象は残らなかった。

「元祖釜飯だよ。むかーし食べた記憶がある」とペンギンが言い張る。

けれど、ペンギンの「むかーし」は要注意で、私はほとんど信用しない。

「むかーし」はよかったのだろうけど、なんだか時代と共にくたびれてしまったお店が大半なのだ。

でも、「僕は釜飯にする！」と譲らなかった。


結局、私もペンギンの勢いにのまれ、釜飯に。

ただ、新幹線の中で食べるならともかく、お土産として持ち帰るには、釜飯は重たいのだ。

JRの構内では、ゆりねをケージに入れたまま運ぶわけだし、それだけでも大変なのに、その上釜飯まで加わって、重い、重い。

電車で帰ろうとした予定がタクシーに乗るはめになり、かなり高くついてしまった。


さて、その日の晩ごはんは釜飯。

あとは、旅行前に漬けていった、茄子《なす》と胡瓜のぬか漬け。


驚いた。

想像をはるかに超えて、充実している。

筍も椎茸《しいたけ》も牛蒡《ごぼう》も鶏肉も、それぞれ丁寧に調理してある。

さすが、元祖釜飯だ。

夏場は、軽井沢駅の小さな売店だけで1日に1000個も売れるという。

ご飯もたっぷり入っていて、大満足だった。

重たかったけど、がんばって持って帰って大正解。

釜は、一合のご飯を炊くのにちょうどいいというので、今度ひとりでご飯を食べる時に炊いてみようと思う。

ゆりねは、1歳になりました！

ラトビアへ　7月7日

今日はこれから成田空港へ。

取材で、バルト三国のひとつ、ラトビアへ行くのだ。

初めての国。

国土の半分が森というだけで、私は心からうっとりする。


仕事で行くので、ペンギンとゆりねはお留守番だ。

ゆりねバーグを大量に作って冷凍し、ペンギンには昨日、ひじきを作った。

私が戻るのは今月末なので、3週間、家を離れることになる。

そんなに長くゆりねと離れたことがないので、(これまでの最長は、郡上八幡へ行った2泊3日だった) 正直、不安だ。

いつもゆりねがそばにいる生活が当たり前になってしまっているから、自分が3週間もゆりねなしで耐えられるのか、よくわからない。


ゆりねなりに何かを察しているのか、ちょっと様子が違う。

散歩のとき妙に反抗したり、夜も寝なかったり。

今も、私の足元でぴったりとマークしている。


ペンギンには、もうかなり前から、ゆりねのケアに関して、口すっぱく言っている。

神様、お願いですから、日本でお留守番をしているペンギンとゆりねを守ってください。

心境としては、そんな感じだ。


これまで、ラトビアという名前は聞いたことがあったけれど、どこにあるのかも定かではなかった。

バルト海を挟んで、北欧のすぐ下。ヨーロッパのいちばん端っこ。隣はロシア。

そんな位置関係により、他国に支配されたりと、歴史に翻弄《ほんろう》されてきた。

だからこそラトビア人は、伝統的な手仕事をすることで、ラトビア人としての誇りを保ってきた。

一見ほんわかして見えるラトビアの手仕事には、そんな背景がある。

どんな景色に会えるのだろう。

また、第2のベルリンみたいに、恋に落ちてしまうかもしれない。

白夜

7月8日

成田から10時間でヘルシンキへ。

飛行機の中で、RADWIMPSの野田洋次郎《のだようじろう》君が書いた『ラリルレ論』を読む。

映画は、『マエストロ!』を一本だけ見た。

ヨーロッパに入るには、ヘルシンキを拠点にするのがベストかもしれない。

ヘルシンキからは、小さなプロペラ機に乗り換え、ラトビアの首都、リガを目指す。

眼下に見えるバルト海は、波がなく穏やか。雲を映している様子が島影のようで、なんだか瀬戸内海のようだった。

むしょうに、うどんが食べたくなる。

ちなみにラトビアの大きさは、四国と同じくらい。そこに、２００万人が暮らしている。

勝手なイメージで、もっと薄暗い町を想像していたら、リガはとても明るかった。

お天気のせいではなく、全体的なトーンが高い。

人も陽気で、今回、ガイドをしてくださるウギスさんも、日本語がとても上手で人懐っこい青年だ。

穏やかで、優しくて、素朴で、とてもいい町。

ラトビアも地域的には北欧に含まれるというけれど、なんだか南の方の町に来た気分がする。

イタリアとか、ポルトガルとか。

緑が多くて、適度に都会、適度に田舎で、その絶妙なさじ加減が好きかもしれない。

古い建物も多くて、街並みを見ているだけで心が癒される。

晩ごはんは、ホテルのそばのレストランへ。

ヘルシンキへ向かう飛行機の中から、ビールが飲みたくてウズウズしていた。

ラトビアはドイツの影響も受けているので、ビールが美味しいという。
まずは、旅の成功を祈って、ラトガレ州のビールで乾杯！

ほんのり酸味がきいていて、確かに、ラトビアのビールという感じがしないでもない。
これから、ビールの飲み比べが楽しみだ。

それにしても、ラトビアの黒パンのおいしいこと！！！
重すぎず、軽すぎず、スイスイ食べられる。
ラトビア人にとって黒パンは、名刺代わりのようなものだとか。
旅行する時も、スーツケースの中に持って行くんだって。
その気持ちも、わかるなぁ。

10時近くにレストランを出たのに、外はまだ明るかった。
夏至をすぎたばかりで、太陽が沈むのは11時近くになってからとのこと。
噂には聞いていたけれど、これが白夜なんだな。
夜も、真っ暗にはならずずーっとぼんやり明るくて、慣れるまではちょっと不思議。

今日はこれから車で移動し、ラトガレ地方へ。

時差のせいもあって早起きしてしまったから、朝ごはんの前に、ちょっとホテルの前に広がる公園を散歩しよう。

夜中、カモメみたいな鳥が鳴いていた。

ゆりね、元気にしてるかな？

ラトガレ州

7月10日

右を見ても、左を見ても、森、森、森、森。

気持ちよすぎて、心が全開になっている。


リガから、車に乗ってラトガレ州に行ってきた。

ラトビアには4つの州があり、それぞれに独自の文化がある。

ラトビアが「国家」として誕生したのは、1918年のことで、それまではそれぞれが独立した共同体のような形で存在していた。

ラトガレ州は、その中でももっとも東に位置し、ロシアと国境を接している。

ラトビア発祥の地とも言われており、つまりラトビアの原点のような場所だ。

人々は、昔からのやり方で粛々《しゅくしゅく》と暮らしている。

ラトガレ州には、３つの法律がある。

一、貿易をしてはいけません。ただし、自分で作ったものは売ってもよい。
一、自分の土地の暮らし方を、子孫もまた同じようにできるようにします。
一、新年を迎える時は、ポケットの中にお金を持っていてはいけません。残高はすべて粘土でできた土器に入れ、封印して土に埋めておきます。ただし、戦争の時に限っては、土の中に埋めておいたお金を取り出してもよい。

この教えが、いまだに強く残っているのが、ラトガレ州なのだ。

自分たちの衣食住に関しては自分たちの手で作り、それを大切にしながら謙虚に、賢く暮らしている。


ラトビアは、優れた手仕事の国として有名だけれど、それは、子どもの頃から家や学校で学ぶからだ。

子ども達は、12歳になると、手仕事に関する試験を受けるそうで、それは、男女別に５日間にわたって行われる。

男の子の場合、1日目に木のお皿を作り、2日目に樹皮のカゴを編み、3日目に亜麻から糸を紡ぎ、4日目に2世代はけるほど頑丈なわらじを作り、5日目は釘を3本打つテストをする。

女の子の場合は、1日目に糸を紡ぎ、2日目に一日かけてミトン（手ぶくろ）を編み、3日目に亜麻織もののタオルに刺繍とレースをし、4日目に4本の色でカード織の帯を作り、5日目は頭を使って毛布の作り手が誰であるかを当てる。

合格すると、男の子は短剣とベルトを授かり、ズボンを穿くことを許される。女の子には、布でできた特別な冠が与えられる。

合格しなければ、のけものにされ、人として生きていけないのだという。

えーーーっ、それはいつの時代までの話なの？　とびっくりしたら、今でも基本は変わらないというから2度びっくりした。

けれど、そういう暮らしを、本当にふつうにしているのだ。ラトガレ州の人たちは。

だからこそ、優れた手仕事が代々受け継がれてきた。


悠然と川が流れ、湖が輝き、森は豊かな恵みをもたらす。

その自然を大事に大事に守りながら、慎み深く、謙虚に生きる。

何よりも、ラトビアが誇るべきは人々の生き方だと感じた。

心のそこから、生きていることを喜んでいる。


ラトビア人の多くが信じるラトビア神道は、多神教だ。

日本における八百万《やおよろず》の神のように、ラトビアにも、たくさんの神さまがいる。

しかも、その神さま達はとても身近な存在で、たとえば太陽の神さまである「サウレ」なら、サウレちゃん、といったふうの、それはそれは近しい関係なのだという。

宗教、特に一神教の宗教に対してはどうしても違和感を覚えてしまうけれど、ラトビア神道には大いに共感する。

日本に帰ったら、もっともっと、ラトビア神道に関して理解を深めたい。

湿地帯に広がる美しい湖に行った時のこと。

ちゃぽん、と水の音がしたので振り向くと、今回、ラトガレ州を案内してくださったロリタさんが、速攻で水着に着替え、水の中に入っていた。

夕陽が沈む間際の湖をたったひとり独占して泳ぐロリタさんの姿はあまりにきれいで、ただただ見ているだけで幸せだった。

きっと、ラトビアには精霊達が住んでいる。

私の目には見えないけれど、温かなまなざしで、見守られているような気がしてならなかった。

歌と踊りの祭典　7月13日

歌と踊りの祭典は、5年に一度、ラトビアの首都、リガで開かれている。

ソ連に占領されていた屈辱の時代は、歌うことも、踊ることも、民族衣装を身にまとうことも、許されなかった。

だから今、歌ったり踊ったりすることは、ラトビア人にとって、自分達が自分達である証《あかし》のようなもの。

そこには、私達の想像をはるかに超えた、大きな大きな喜びが誕生する。

歌と踊りと民族衣装は、ラトビア人の魂そのものなのだ。

今年は、その青少年版が開かれる年。

ラトビア全土の市町村から選ばれた3万人の子ども達、下は小学校低学年くらいの子から、上は20代前半くらいの子までが、それぞれの地に伝わる民族衣装を身にまとい、みんなで歌い、みんなで踊る。

これは、ラトビアにおける歌と踊りのオリンピックのようなもの。

市や町や村の学校の部活動のような形でそれぞれが練習し、本番が始まる2週間前から、リガにある学校に寝泊まりして、全体練習を行う。

国をあげての国民的な行事で、このお祭りを、国民みんなが楽しみにしている。

今年の祭典には、10万人の応募があったそうだ。

その中から選ばれた3万人だけが、舞台に立つことを許される。

まず、7月10日は、ダウガワ競技場で行われる「踊りの祭典」へ。

1万5千人の子ども達が、それぞれの衣装を着て一緒に踊る。

けれど、あいにくの冷たい雨。

せっかくきれいな民族衣装を着ているのに、可哀想だった。

子ども達も、雨で濡れた所を走るので、転んだりしている。

それでも、みんな笑顔。

踊れるだけで、幸せなのだ。


翌11日は、場所を変え、今度は森林公園で「歌の祭典」が開催される。

昨日の雨が見事に上がり、快晴になる。

森の奥にある会場には、民族衣装を着た子ども達がたくさん集まっていた。

ラトビアは、ヨーロッパの中でも美男美女が多いと言われており、確かに、どの子を見ても美しい。

民族衣装がとてもよく似合っている。


みんな、妖精みたいだ。

中には、高校生くらいの男の子と女の子が、お揃いの民族衣装を着て、手をつないで歩いていたり。

出場する側にとっても特別な行事で、特にリガに来てからの合宿は、楽しくて楽しくてたまらない時間なのだという。

ステージに立つのは、1万5千人。
それを、7万人の観衆が見守る。
それはそれは見事な光景だった。

けれど、途中から異変が起きる。
ステージに立つ子ども達は、誰か近くの子の具合が悪くなると旗を振って知らせ救護班を呼ぶのだが、その旗があっちでもこっちでも、頻繁に振られるようになったのだ。

確かに、その日は一日中暑かった。
そして、途中から急に寒くなった。
見ている人たちも、最初は半袖だったのが、途中でダウンを着るほど。
子ども達は、ステージ上に立ちっぱなしで、隣の子との間隔も狭い。
民族衣装を着たままだから、体温調節もできない。
2週間リガで合宿していたから、興奮状態でもあり、疲れも出ている。
結果として、倒れる子が続出したのだ。

そして、演目の4分の3を過ぎたあたりで、突如、中止になった。


私は、その判断の早さに脱帽した。

あと数曲だから、続けようと思えば続けられたと思う。

けれど、子ども達の体調を第一に優先し、即決した、その決断が見事だと思った。

もちろん、そのことに文句を言うお客さんもいない。

ラトビアは、成熟した大人の国なのだ。


幸いにも、大事に至った子はいなかったというから、ホッとした。

でも、子ども達の中には泣いている子もいたりして、見ている側としても複雑だった。


異常事態だったという。

最後は、救護班だけでは手が足りず、観客の中からも救護を手助けする人がいたほど。

きっと、観客の中には自分の子どもの晴れ姿を見に来ていた親もいただろうから、心配で仕方なかっただろう。

倒れた友達のことが心配で泣いていた子も多かったとか。

そんなことがあったので、12日の午前中にリガの中心部で行われる行進も、中止になった。けれど、正式には中止になったものの、自主参加という形で、パレードが行われる。民族衣装を着た子ども達や、それを引率してきた大人の人が、それぞれ故郷の衣装を着て、町を練り歩くのだ。

鼓笛隊が音楽を奏で、歌いながら、踊りながら、時に歓声をあげ、体中で喜びを表現する。みんなが手にしているのは、故郷の花。


その姿が、素晴らしかった。

見ていて、涙が止まらなくなる。

こんなに崇高な、美しい精神を持った人達が、どれだけのはずかしめを受け、辛い思いをしてきたのか。

そのことに、ラトビアの人達は、じっと耐えてきた。

そして今、自由を勝ちとり、歌い、踊ることができる。

目の前を歩く子ども達が、二度と虐《しいた》げられませんように。

ラトビアが、永遠に平穏でありますように。
そのことを願わずにはいられなかった。

ただいま！

7月16日

リガからヘルシンキへ飛び、ヘルシンキで2泊して、昨日の夕方、ベルリンへ。

この夏は2週間のみ、しかも私だけの滞在だけど、一年に一度はベルリンの空気を吸いたい。

やっぱり、好きだ。

ふわりと、無重力の空間に身を預けているような気持ちになる。

自分にとっては、ものすごく楽ちんな町。

最高に着心地のいい服に身を包んでいて、服を着てることすら忘れさせてくれる、要するに裸でいるような感覚になれる場所なのだ。

ラトビアで感じたことがこぼれないように、色あせないように、慎重に心のコップを持ちながらベルリンに来た。

ラトビアの人たちから、自然からいただいた多大なギフトに対して、どうしたら恩返しができるのか。

もう、物語の種は私の体の中に入ったから、あとはじっくりと時間をかけて種を守り、育てていこう。


今回は、ベルリン在住の友達の家を借りて暮らしている。

友達の家族は、私と入れ違いに日本に帰省中だ。

窓から、テレビ塔が見える。

よく考えると、東ベルリンだった地区にあるアパートに暮らすのは初めてだ。


ベルリンとラトビアに、共通するものを感じる。

ベルリンは、強固な壁によってひとつの町が真っ二つに分断されていた不自由な時代があったからこそ、今、自由を謳歌《おうか》している。

同じようにラトビアも、数々の屈辱的な占領の時代があったからこそ、今、心から平和であることを喜んでいる。

生きる上で、何が大切かをわかっているのだ。
ラトビア人の未来志向、物事を賢く解決しようとする姿勢には、本当に心を打たれた。
もっともっと、ラトビアから学べるはず。
違いを認めた上で、お互いが相手を傷つけずに共存していく方法を。

歌う革命　7月19日

知らなかった。

もちろん、言葉としては、知っていた。

人間の鎖。

今から26年前の1989年8月23日、15歳だった私はその時なにをしていたのだろう。


思わず怒ってラインを切ってしまったけど、ラトビアはロシアではない。

これから晩ごはんを食べに行ってくる、と言った私に、ペンギンが、「ボルシチでしょ？」

とひとこと。

「違うよ、ラトビアの料理はものすごく美味しいんだよ」と言うと、「でもソ連だったでしょ」と返ってきた。

私も実際にラトビアに来るまで、ラトビアに関する歴史にはあまりに無頓着だった。でも、知ってしまった。

知ってしまった以上、そういう言動にははらわたが煮えくり返ってしまう。


ソ連に占領されていた時代、ラトビアの人々がどれだけ辛い思いをしたか。どれだけの迫害を受け、どれだけの罪のない善良な人たちが殺されたか。

ラトビアには、家族の中に迫害を受けなかった人はいないと言われている。

こんなにも崇高な魂を持つ人たちに、そんなむごたらしいことをやったソ連という組織を、私は本気で憎いと思った。


ラトビアがソ連の支配下にあった時代、人々は共産党員にならなければ生きていけなかった。

昔から代々家にある文化や伝統は否定され、画一的な大量生産されるものの方が優れているのだと、無理やりに価値観を変えられた。

民謡を歌うこと、踊りをおどること、民族衣装を着ることも禁止。

けれど、ラトビアの人たちは耐えた。

耐えて耐えて耐えて耐えて耐えまくって、時に相手にはわからないユーモアで乗り切り、辛い時こそ明るくふるまって耐え忍んだ。

そして、待った。

もちろんその過程で、志半ばにして亡くなった人たちもたくさんいる。

80年代後半になると、ゴルバチョフ書記長によるペレストロイカにより、自由主義運動への弾圧が緩和されるようになった。

その流れに乗るようにして、「バルトの道」が実行された。

1989年8月23日、共にソ連の支配下にあって運命を共にするバルト3国（エストニア、ラトビア、リトアニア）は、それぞれの首都であるタリン、リガ、ヴィリニュスを、手をつないで人間の鎖を作り上げた。

200万人が参加して、600㎞をつないだという。

15分間、バルトの人たちは手をつないで世界中にメッセージを発信した。

その時、ラトビアでは、独立国家時代の国歌「神よ、ラトビアに恵みあれ」が歌われたそうだ。

ずっと禁止されていたその歌を、勇気をふりしぼって歌い続けた。

武器による戦いではなく、歌によって革命をもたらしたことが、本当に本当に素晴らしいと思う。

こうして、ラトビアは91年に主権国家として独立を回復する。

平和な時代が戻ってから、24年。

もう二度と、絶対に、あんな辛い目にはあいたくないという思いは、ラトビア人の心の根底に息づいている。

ロシアのクリミア侵攻を受け、ラトビアとしても安穏《あんのん》としてはいられないらしい。

今度こそ、世界中が隣人となり、目を光らせ、見守っていかなくてはいけないと思う。

私はこれまで、ラトビアに対して、なんて失礼な態度をとってきたのかと、恥ずかしくなる。

ところで、ラトビア人も、日本人と一緒でお正月を大切にする。

てっきり、他のヨーロッパの国と一緒で、クリスマスがもっとも大事な行事なのかと思ったら、そうじゃなかった。

曰く、クリスマスは宗教によって神さまが異なる、けれどお正月に新年をお祝いする気持ちは、どんな人も一緒。

だから、お正月のお祝いは盛大にする。

ラトビアには、ラトビア系の他、ロシア系、ベラルーシ系、ウクライナ系、ポーランド系など様々な人種が存在する。

宗教も、古くからある自然崇拝の他、ルーテル教会、カトリック、ロシア正教と多岐におよぶ。

そんな中、いかに考え方の違う隣人たちとうまくやっていくか、ラトビア人はそのことの知恵が豊富だ。

物事を、ポジティブに平和的に解決しようとする姿勢は、ラトビア人の最大の長所だと思う。

お正月にあげる花火の話が面白かった。

お正月、リガでは市の税金で花火をあげるのだが、その花火の会社を決めるために、夏、小規模の花火大会を開くとのこと。

どの会社の花火の拍手が大きいかを競い、そこでいちばん拍手を受けた会社が、お正月に花火をあげる権利を得る。

そしてまた、お正月は、みんなで一斉に歌を歌う。

どの思想の人も、国歌を歌うそうだ。

ソ連に占領されていた時代、歌うことを禁じられていた国歌。

確かに、歌と踊りの祭典でも、老若男女が生き生きと、楽しげに、誇らしげに歌っている姿が印象的だった。

そんな場所から日本を見ていると、私が生まれた国に、希望はあるのかと思えてしまう。

アメリカがそんなに正しいだろうか。

アメリカと二人三脚で、地球の裏側まで戦争の後押しをしに行く。

国民の命を守るどころか、国民の命を危険にさらし、巻き添えにするだけじゃないの？

でも、こうなるだろうことはわかっていたわけだし、その大事な選挙に、半数近くの人が棄権した。

自民党は、国民によって民主的に選ばれた政党。

いつもいつも、「経済」のふた文字を掲げて国民の目をそらす。

国民は、完全にバカにされている。


今願うことは、ただひとつ。

私の払う税金で、人殺しをしないでほしい。

暴力が何も解決しないことは、わかりきっているのに。

残念。

せっかく平和で安全な国だったのに。


今、ラトビアと陸続きの場所にいると思えるだけで、幸せだ。

飛行機で一時間も飛べば、リガに行ける。

本当に、また戻ってしまうかもしれない。それくらい、好きになった。

いや、簡単に好きだなんて言えないくらい、ラトビアの人たちの生き方や考え方を尊敬している。

もしも生まれ変わったとして、日本かラトビアかどちらかの国民にならないといけないとしたら、私は迷わずラトビアを選ぶ。
そして、大声で国歌を歌おう。

フィンランドで　7月20日

リガから行くと、ヘルシンキはものすごく都会だった。

ラトビアにいる間はほとんど日本人に会うことなどなかったのに、ヘルシンキのホテルにはわんさか日本人がいた。

人気なんだなぁ、ヘルシンキ。

ものすごく静寂に満ちたところから行ったので、ちょっとバランスをとるのに苦労した。

フィンランドは初めて行ったけれど、本当に穏やかだった。

いろんな意味で、ゆるい。

私はもっと、北欧特有の厳格な感じをイメージしていたのだけど、違った。

ドイツの方が、きゅっとしている。

ホテルの周りは観光客が多く賑やかなので、ラトビアの記憶を傷つけないよう、船に乗ってスオメンリンナ島へ行った。

ラトビアにいる間は、プレスツアーに参加していたこともあり、朝から晩まで、本当に取材漬けだった。

今日が何日かもわからず、ホテルでは本当に寝るだけ。

本を読む時間も全くなかった。

スオメンリンナ島へ向かう船で、久しぶりに『ラリルレ論』の続きを読む。

島といっても、港から15分くらいで到着する。

途中、小さな小さな島の上に、赤い壁が印象的な、小さな小さな家がある。

ザ・フィンランド！

これが、夏小屋かしら？

いつか、トーベ・ヤンソンさんが夏を過ごしたという島にも行ってみたい。

私が好きな、『アンネリとオンネリのおうち』を書いたのも、確かフィンランドの作家だ。

スオメンリンナ島へは、トラムのチケットで行ける。

だから、地元の人が犬を連れて散歩したりしている。

いいなぁ、さくっと船に乗って島に行って犬と歩けるなんて。

いつか、ゆりねを連れてこの島に来られるかな？　そんな想像が、勝手にふくらむ。

そういえば、ゆりねが使っているハーネスとリードも、フィンランドのメーカーのものだ。


フィンランドの犬たちは、かなりゆるかった。

しつけの度合いは、日本の犬と、どっこいどっこい。

いや、日本の方が上かもしれない。

かなりの確率で、飼い主をぐいぐい引っ張っているし、船の中でもずっと吠えっぱなしのコがいた。

ドイツの、完全にしつけられた礼儀正しい犬とは大違いだ。


ヘルシンキを発つ日の午前中、岩の教会を訪ねた。

本当に、岩盤をくりぬいて作られていて、それはそれは厳かで、かっこいい、フィンランドならではの教会だった。

その教会で、朝10時からピアノの演奏があるというので、楽しみにして出かけたのだ。

でも、ひどかった。

ひどいなんて言葉では、全然足りない。

ピアノの演奏が始まっているのに、記念撮影をしたり、おしゃべりをしたり。

ワイワイ、ガヤガヤ。

マナーが悪いのは、何も中国人だけではなく、全世界的に、人類は幼稚化している。

何度か、主催者から「しーっ」と呼びかける場面があり、最後は、演奏中にもかかわらず、「しーっ」と注意をうながされた。

それでも、その一瞬だけは静かになるものの、また好き勝手に喋《しゃべ》り始める。

静かで、優しくて、とてもいい演奏だったのに。

ピアノを弾いているのは、おそらく日本人の方だった。

その演奏のために、彼は気持ちを整え、集中し、練習もする。

ふと見ると、彼は耳栓をして演奏していた。

目も閉じて。

外からの世界を、すべて遮断し、自分を閉じている。

そうしなければ、耐えられないからだろう。

でも、演奏者が耳栓をしなきゃ演奏できないって、どういうこと？

あんな素晴らしい教会でピアノの演奏を聴けるなんて、ラッキーなのに。

静けさに満ちた空間で、ピアノの音色だけに耳を傾けることができたら、どんなに幸せだっただろう。


最後、どうしても彼にお礼が言いたくて、そして、ちゃんと聴いていた人間がいたということを伝えたくて、「ありがとう」と声をかけたのだけど、残念ながら、耳栓をしていたのでその声も届けることはできなかった。

せめて、ピアノの演奏は有料にした方がいいんじゃないかな。

でなければ、やめてしまった方がいい。

あれでは、誰も幸せにならないもの。

でも、その後に行ったパン屋さんでテイクアウトしたサーモン入りのパイは、めちゃくちゃ美味しかった。

今日は、雨降り日曜日。

さっきから、雷が鳴っています。

常はなく

7月21日

ベルリンに着いてすぐ、帽子屋さんに行った。

今住んでいるのはミッテだから、大好きな帽子屋さんのすぐ近くだ。

日光アレルギーなので、四季を問わず帽子は欠かせない。

そんな私が、もっとも多く所有しているのが彼女の作る帽子。


たくさんあるサンプルの中から、自分の頭に合わせて作ってくれる。

色を決め、素材を決め、リボンを選び、ほとんどオーダーメイドだ。

いろんな帽子を見たり、かぶったりしてきたけれど、彼女の作る帽子はずば抜けている。

品があって、まじめで、でもユーモアもあって、私は本当に彼女の作る帽子が大好き。

彼女は、スウェーデン人だ。

プロ意識が高くて、常にまっすぐに己の道を見定めている。そんな目をしている。


店に入って、セール品が多いので、あれ？　とは思った。

そしてしばらくすると、彼女は言った。今年いっぱいで、お店を閉めると。

えーっ、と驚き、そして悲しむ私に、今度はホリスティック医療の仕事をすると言う。

なんとなく、楽しそうに。

なるほど、そうきましたか。


確かに、彼女にはそっちの才能もある。

その道に進んでも、きっと成功すると思う。

今がちょうどいいタイミングなのだと彼女は言っていた。

目もキラキラしていた。

インターネットで帽子作りは続けるかもしれないと言っていたけれど、もしかすると、最後になるかもしれない。

そう思って、去年から、いやもっと以前から目をつけていた帽子を買った。

ペンギンにも。

笑顔で別れたけど、店を出てからしんみりする。

心から大好きな人だった。


近くにあったカフェも、行ってみたら別の店になっていたし、3年前の滞在のときよく行っていたレストランも、店が変わっていた。

マーケットに行ってソーセージを食べようと思ったら、ソーセージ売りのおじさんもいなかった。

そしてその帰り、いつものアーユルベーダを予約して行こうと店を探したら、ヨガの教室に変わっていた。


すごくすごく好きなアーユルベーダの先生だった。

そのふたつの手のひらで、相手の悪い物をバキュームみたいにガーッと勢いよく吸い取ってしまうような、その笑顔を見るだけですべての疲れが吹き飛ぶような、そんなハッピーな人だった。

去年の夏、最後に行ったとき、お店の近くにある自宅に泥棒が入ったのだと、珍しく落ち込んでいた。

それで、もうあの場所が嫌になってしまったのだろうか。

ただ移転しただけだったら、いいのだけど。


常はないんだな、と今回改めて思う。

ずっとそこにあると安心していても、急にいなくなったりする。

そんなことにシクシク胸を痛めていたら、日本からも悲しいニュースが飛び込んできた。


私がNOMAよりも好きだと書いた町の中華料理屋さんが、8月いっぱいで店を閉めるというのだ。

今回ラトビアに旅立つ前日も、行ったのに。

家でご飯を作る元気がないときは、迷わずその店に駆け込んだ。

星とかミシュランとか流行とか雑誌の取材とか、そういうのとは縁遠かったと思う。

でも、いつ行ってもステンレスはピカピカで、ちゃちゃちゃちゃと手早く料理を作って出してくれた。

お母さんは、チャーハンにつくスープを必ず2人前くれて、いつもいつも優しかった。

でも、お父さんは73歳で、体を悪くされているという。

ずっと当たり前にあるものだと思っていたけど、そんなことはないんだな。

私が行けるのは、あと1回か2回しかない。

焼きそばも食べたいし、麻婆豆腐も食べたいし、パイコ飯も食べたい。


そのことを知ったペンギンは、お昼と夜と、1日2回通っているという。

私の分まで、おなかいっぱい食べてほしい。


今日は、午後3時過ぎから雨があがったので、近所を散歩した。

適当に歩いて通りすがりのお店に入ってカフェラテを飲みながら、本を読む。

この界隈のアパートには以前も2回ほど住んだことがあるから、地図に頼らなくても大体歩けるのが嬉しい。

それから5時くらいに店を出て、またふらふら。

ふらふらしていたら、ダンスホールの前を通り過ぎた。

好きだなぁ、この場所。

すごくすごく、ベルリンっぽい。

初めてＪＡＬの機内誌の仕事でベルリンに来たとき、連れてきてもらった場所。

まだ、ベルリンの右も左も知らなかったけど、この場所に来て、一気にベルリンが好きになった。

あのときは春先で、山盛りのホワイトアスパラガスを食べたっけ。


一度は通りすぎたものの、やっぱり後ろ髪を引かれて戻っちゃった。

やっぱり、ビール飲んで帰ろう。

そう思ったのだけど、あんまり寒いので、ビールは断念し、ドイツの赤ワインにした。

そうそう、この量がまさしくドイツだ。

このグラスにその量はあきらかにバランスが悪いと思うのだけど、２００mlと書いてある以上、それより多くても少なくても、気持ちが釈然としないのだろう。

きっちり、それがドイツ人の美徳だと思う。

そして、赤ワインをちびちび飲んでいたら、誘惑に負けた。

本当は今日は、ベトナム料理を食べに行くつもりだったのだ。

肌寒いから、あったかいフォーでも食べようと。

でも、気が付いたらシュニッツェルを頼んでいた。

シュニッツェルだけは、どんな店で食べても失敗しない。

本来はオーストリア料理らしいけど、ドイツが誇るシュニッツェル。


美味しかった。

お肉の下には、甘酸っぱい味付けのじゃが芋がしいてあって。

こっちの人は、これに甘いジャムをかけて食べるようだけど、私はレモンだけ。

シュニッツェルを食べるたびに、あー、とんかつソースを持ってくればよかった、と悔やんでしまう。


完食し、ほろ酔いで帰宅。

さすがに体が冷えたので、あったかいコーン茶を飲んでいる。

明日から、物語を書こう。

合理的

7月22日

ラトビアでガイドをしてくれたウギスさんのお話が興味深かった。
それは、自殺に関して。
数年前まで、ラトビアは世界でも屈指の自殺率の高い国だったという。
隣国、リトアニアにいたっては、世界一。
けれど、そこからがラトビアのすごいところ。

自殺をした人たちが、いつ死を選んだかを調べた。
もちろん、それはどの国でもするだろう。
わかったのは、10月中旬から11月中旬に、自殺する人が増えるということ。
その時期は、寒くなって、日照時間が減る。

そこで、町全体を明るくする運動を始めたのだ。

題して、「電飾祭」。

これが、ラトビア各地で行われるようになった。

すると、みるみるうちに自殺する人が少なくなり、見事なまでに効果を発揮したのだという。

見事だ。

自殺というと、すぐに精神的な方へ持っていきがちだけれど、そうじゃない面もたくさんある。

うつ病だって、骨格の歪《ゆが》みや寝不足など、基本的な不健康が原因で起こる場合もあると聞く。

日照時間が少なくて暗いから死にたくなる。だから、電気の力で町を物理的に明るくする。

いかにも、ラトビアらしい合理的な考え方だと思った。

さすが、良都美野（漢字を当てるとこうなる）。

その、賢い考え方に感動した。

ラトビア人は、ものすごく賢い人たちだ。

ガイドのウギスさんも、面白くて賢い方だった。

いまだにあの、独特な喋り口調が頭から離れなくて、ちょっと困るけど。

ウギスさんが日本に特別な想いを抱いたのは、まだ幼いとき。5歳とか、そのくらいだったという。

浮世絵と草書体を見て、その美しさに衝撃を受け、自力で日本語の勉強を始めた。

そう、ウギスさんには日本語の先生がいるわけでもなく、日本に留学した経験もない。

本当に、独学で日本語を学んだのだ。

その語彙《ごい》たるや、想像をこえている。

私たちの知らない日本語をバンバン話す。

そんな言葉知らない、使わない、と言っても、ちゃんと辞書にのっているのだ。

これまで、日本へ行ったのは、たった3回。

滞在日数を合計しても、50日に満たない。

日本が好きで好きでたまらない、ラトビアの好青年だった。

だから、そんなに好きなら日本に住んでみたいとは思わないんですか？　と私は聞いた。するとウギスさんは、とてもまじめな表情で、「自分が日本に行ってしまうとラトビアという国が困るからそれはできない」と答えた。

なんだか、大げさすぎるな、と思ったけれど、ラトビアを離れる頃には、ウギスさんだけでなく、国民がみんなそう思っていることに気づき、少しも大げさじゃないとわかった。

今、日本で、自分がいなかったら日本が困ると言い切れる人が、どれだけいるだろう。少なくとも、私は言えない。

ラトビア人にとってもっとも恥ずべきことは、ラトビア人らしさを失うことだという。それは、バスを運転してくれたインタさんが教えてくれた。

自分の出自（源）を否定することを、ラトビア人はもっとも嫌う。

みんな、自分の生まれた国が好きで好きでたまらない。

自分の力でこの国をよくしたいと思うから、簡単な気持ちで国を離れることなどできないのだろう。

貢献は、ラトビア神道における十徳のひとつだ。

自分が持っている知識を社会のために出し、公は、一人ひとりの成長によって成り立っている。

きっと、人口が200万人というのも、しっかりと団結するのにちょうどよい人数なのかもしれない。

ラトビアから離れれば離れるほど、ラトビアの賢さや美しさが際立って見える。

今日は、お昼にラインでペンギンと話してから、そのままソファで寝てしまった。

気づいたら、夕方5時半。

途中、何度も目が覚めたけど、起きられなかった。

この辺で、今までの疲れが出てきたのかも。

ゆりねは、結構平気みたいで、安心した。私がいなくても。

出発前は、本当に心配だった。

ゴハンを食べなくなったらどうしよう、ずっと玄関で待っていたら、どうしよう。

ペンギンが、きちんと面倒を見てくれるだろうか。

そして、ゆりねと離れても平常心でいられるのか、自分に対しての不安がいちばん大きかった。


でも、ふたをあけてみたら、お互いけろっとしている。

ペンギンが、かいがいしく面倒を見てくれているというのも、大きいのだけど。

ゆりねは、私が思っていた以上に、ちゃんと大人になっていた。

もし私がいなくなっても、ちゃんと生きていけるようにすることが飼い主としての務めだと思っているから、その点ではいい感じに出来上がっている。

ゆりねちゃん、そんなにヤワじゃなかったのね。

去年の夏、コロと離れたときの方がよっぽど大変だった。

道行く犬を見ては、コロのことを思った。

早く会いたくて会いたくて、仕方なかった。


ゆりねが、繊細すぎない犬で、本当によかった。

切り替えの早さは、さすがフランス犬！

私のことを、とっとと忘れている。でも、会えばまた思い出してくれるだろうから、大丈夫。

ペンギンは、私が作り置きしてきたゆりねバーグだけでは飽き足らず、独自のゴハンを開発したりしている。

私がいると、どうしてもゆりねは私の方に来てしまうから、今、ペンギンはナンバー1の座を勝ち取って、まんざらでもない様子だ。

ふふふ、リアル・おかあさんごっこ。

食べさせすぎて体重が増えているのだけは、心配だけど。

今日こそは、ベトナム料理の店にフォーを食べに行こう。

その前に、揚げ春巻きで、ビールを一杯。

週末気分

7月23日

木曜日ともなると、週末の気配が高まってくる。

金曜日の午後には皆さん浮かれ始め、土曜日は最高潮に達する。金曜日と土曜日は交通機関が終夜運転となり、夜更かしが増え、外も遅くまで賑わっている。

一転、日曜日はとても静か。繁華街にある一部のレストランやカフェを除き、スーパーもデパートも個人商店も、ほとんどが店を閉める。

日曜日は、みんなでいっせいに休む。このシステムが、すごくいい。

日曜日に、一週間の疲れをリセットできるから。

次の日から始まる新しい一週間を、リフレッシュして迎えることができる。

日本における元日が、週に一回あると思うとわかりやすいかも。私は、このメリハリがとても好きだ。

今朝は、お豆腐と卵で炒り豆腐を作った。

しっかりと硬いベルリンのお豆腐は、とても新鮮で、これを食べなきゃベルリンに来た気がしないというもの。

容器も、使い終わったら回収して、リサイクルされている。


これで、サラダ用に買ったベビーリーフを除き、冷蔵庫にあるものは使い切った。

異国の地で、しかも慣れないキッチンを使って食事を作るのには、限界がある。ペンギンがいればまだしも、一人分の料理を作るのは難しい。

しかも、外に出ればそこらじゅうに安くておいしいレストランがあるのだ。この際だから、異国の地でがんばって料理を作っている日本人も応援に行きたい。

だから、残り1週間の滞在は、いさぎよく外食でやりすごそうと思っている。

料理を作らない分、浮いた時間で読書できるし。

今回は、いろんな場所で本を読んでいる。

それにしても、この夏の滞在ほど、ベルリンを満喫したこともなかったかもしれない。

今まででいちばん、ベルリンの空気を存分に感じている。なんのことはない、どこにも行っていないのだ。

Sバーンにも、Uバーンにも乗っていない。つまり、遠出していない。

去年買って残っていた切符を使って、トラムにはちょこっと乗ったけど、それ以外はすべて歩ける範囲内で行動している。

美術館にも行っていないし、コンサートにも行っていない。

だって、家にいるだけで気持ちがいいのだもの。窓の向こうには、公園があって、盛大に緑が広がっているし。

あとはひたすら、物語を書いている。

そうそう、窓にペタッとはりついていた機械、最初はなんだかわからなかった。

でも、窓からさんさんと光が差し込んだとき、正体がわかって驚いた。

太陽が当たると、自分でエネルギーを作って、それによって下にぶら下がっているふたつの透明な飾りがクルクルと回るのだ。そうすると、反射して、白い壁にたくさんの虹色の光が躍る。

なんて画期的なんでしょう！

曇りや夜はじっと動かなくなり、また太陽が出てくると動き出す。なんだか、生き物みたいでかわいいのだ。

ベルリンで流行《はや》っているのかな？　どこかで売っていたら、お土産に買って帰りたい。


そして、ベルリンにいるとやっぱり目についてしまうのが、チャリオット。

去年につづき、今年もまた、チャリオットを羨望のまなざしで見つめてしまう。

かっこいい自転車屋さんで売られていた、最新型チャリオット。

二人乗せ、三人乗せもお手の物で、ちゃんと、子供用のシートベルトもついている。

これだったら、コロとゆりねを二匹乗せて、一緒にドッグランまで連れてってあげられるのになぁ。

がんばってがんばってペダルを漕げば、ペンギンだって、運べちゃうかもしれない。

豪華な幌付きチャリオットなんかもあって、見ているだけで楽しくなる。


昨日は、近所にあるベジタリアンのベトナム料理店に入った。

一人だから、気ままに、自分の好きなものを食べられる。二日連続でベトナム料理だった。

外の席があいていなくて中のテーブル席に座ったら、室内がちょっと暗くて、本を読むのを諦めてｉＰａｄに入っている写真を見始めたのが、まずかった。
ついついゆりねの写真を見てしまい、センチメンタルな気分になる。
ちっちゃかったな、ゆりね。
急に、ゆりねを思い出して会いたくなった。それまでは、平気だったのに。
ゆりねは、誰がなんと言おうとかわいいコだ。
帰ったら、ゆりねに嫌がられるまで撫でてあげよう。

石の意志

7月27日

ユダヤ博物館に行ってきた。何年か前にも一度行ったけど、できることならベルリンに来るたびに行かなくてはいけない場所だと思う。

旧東ベルリンと旧西ベルリンをまたぐ形で作られたという建物自体が、強いメッセージだ。行き場のないユダヤ人の運命を象徴するかのような形で、屋根は傾き、窓も、壁を引っ掻くような形で不規則に存在する。

入り口では、飛行機の搭乗と同じように、X線による荷物検査を受ける。

階段をおりて地下に進むと、廊下と天井がそれぞれ別の角度に傾いているので、不安定な気分になる。

そこからは、3つの道に分かれる。

亡命の道は、難を逃れ、アメリカやパレスチナ、南アメリカ、アフリカ、上海《シャンハイ》などへ逃げて生き延びたユダヤ人の運命を表している。道の先は庭になっており、そこには49本のコンクリートでできた柱がある。

柱の上には土が盛られており、オリーブやグミの木が元気よく枝葉を広げている。

ただ、空は見えるものの、外界からは閉ざされ、床もまた傾いているので、歩くのもままならない。

たとえ亡命したからといって、平穏な暮らしが待っていたわけではないという複雑な心境を物語っている。

一方、ホロコーストの道は、亡命することが叶わず、命を奪われた人たちの運命を表す。

整然と並べられる遺留品には、持ち主の丁寧な説明がつけられている。

ミシンや食器、毛布など、本来なら消耗されるはずの日用品が、犠牲者の、大切な形見の品になってしまったことを思うと切なくなった。

中には、リガの収容所で亡くなった女性の自画像や、アウシュヴィッツから送られた手紙もある。

その先にあるのは、ホロコーストの塔で、そこは何もないがらんどうの空間だ。

はるか上空に、ほんの少しだけ窓があって、そこから光がこぼれてくる。外の音も聞こえてくる。

けれど、そこからは出られないのだ。

じっとその場所にしゃがんでいたら、自分が生きているのか死んでいるのかが、わからなくなった。

光がある場所が天国に思え、きっとその光には、死ななければたどり着けない。

収容所に送られたユダヤ人の心を追体験しているようで、本当に、行き場のない気持ちになる。


そして、あとひとつは、持続の道。

過去、現在、未来をつなぐユダヤ人の暮らしぶりがわかる展示になっている。

博物館の中に長くいたら、平衡感覚がおかしくなって、気持ち悪くなった。

外に出て、まっすぐな「ふつうの」道を歩けることがどんなに幸せかを実感した。

その足で、虐殺されたヨーロッパのユダヤ人のための記念碑に向かう。

この記念碑があるのは、ブランデンブルク門のすぐそば、つまり、多くの旅行者が訪れる観光地の一角。ドイツの国会議事堂からもすぐのところだ。

そこには、石棺を思わせるような形のコンクリートでできた立方体が2711基、縦横に整然と並んでおり、その間を自由に通ることができる。

石の塊を説明するものは何も書かれていない。

石の上に腰かけておしゃべりする人もいれば、犬を連れて歩く人もいる。子どもたちは、歓声を上げながら鬼ごっこやかくれんぼをして遊んでいる。

これらの強固な石は、未来永劫、巨大な隕石《いんせき》がそこを目がけて落ちてこない限りは、ずーっとずーーーーっとその場所にあり続けるのだ。

ということは、ホロコーストの記憶をずーっとずーーーーっととどめておき、反省し続けるということ。

こんなものが国の一等地にあるのだから、忘れようにも忘れることなどできないだろう。

そう、ドイツ人は、忘れない努力を懸命にしている。

そのことが、本当に本当に偉いと思う。

学校でも、ホロコーストに関する授業をたっぷり受けるというし、自分たちが犯した罪から決して目をそらさない姿勢は、頑なだ。

それは、見ていて痛々しく感じるほど。

でも、そうまでしなければ、簡単に忘れてしまうということを知っているのだろう。


ドイツは、目をそむけずにやってきたから、今、世界に堂々を胸をはることができている。

そこから思うと、日本は、何周も、何十周も遅れているような気がした。


だって、たとえば国会の目の前に、自分たちが命をうばったアジアの人たちを追悼する記念碑が作れるだろうか。

そうやって、70年もの間、歴史から目をそむけてきたツケは、これから先どんどん大きくなって、ますます重くのしかかり、自分たちを苦しめるように思えてならなかった。

似たような過去の歴史がありながらも、70年で、ずいぶん違ってしまった日本とドイツ。

それはもしかすると、ドイツが石の文化であるのに対して、日本は木の文化だというのも、あるのかもしれない。

ドイツ、というかヨーロッパの人たちが百年も前のアパートに平気で住めるのは、それが石でできているから。

でも日本は、地震もあるし火事もあるから、家は、かりそめのものという意識が強い。建物を残そうにも、木でできているから残せない。

建物が壊れれば、すぐに同じ場所に、また強い建物を建設する。前の建物がどんなだったかは、すぐに忘れてしまうのだ。

そうやってどんどん、水に流して生きてきた。

でも、歴史に関しては、それではいけないと、ドイツにいると強く思う。

特に、負の歴史に関しては。そうでなければ、また同じ過ちを繰り返してしまう。

ユダヤ人のための記念碑を見た後は、道路を渡り、ティアガルテンを散歩した。

昼寝をする人、日光浴をする人、読書をする人、サイクリングをする人。

町のまんなかにこんなに大きな森があるって、贅沢だ。

この町にいられるのも、あと数日。
自由な空気を満喫しよう！

EISパーティ　7月30日

ベルリン滞在、最後の日。

こちらに住む日本人の友人3人プラス4歳のちびっこと、アイス屋さんに集合する。

ほんと、みんなアイスが大好きなのだ。

アイスデート、アイス会議、アイスパーティ。

それぞれが好きなアイスを食べながら、店の前のテーブルで長いこと話し込んだりしている。

4つになったうめちゃん、ますますかわいかった。

日本人とドイツ人のハーフの女の子。日本語が上手になっていた。

それから私は、ティアパークへ。

ベルリンには、有名なベルリン動物園以外に、もうひとつ動物園があるのだ。ということを、数日前に知った。

そうか、町がふたつに分断されていたということは、動物園もふたつ存在したのだ。

しろくまのクヌートがいた方は、西側の動物園。でもってティアパークは東側の動物園。

そしてどうやら、地元の人たちはみなさん、ティアパークの方が好きだとおっしゃる。

広さとしても、断然、ティアパークの方が大きいらしいのだ。

あっちでも、十分広いと思っていたけど。

行ってみると、確かに、のんびりしていて、いい動物園だ。

以前行ったベルリン動物園の方は、とにかく観光客が多くて、チケットを買うのにも長蛇の列。

どこもかしこも、人であふれていたっけ。

でもティアパークの方は、ほんとにのどか。

ほとんどが地元の方達で、犬を連れてきている人が結構いた。

森の中に、ぽつぽつと動物が現れる感じで、気持ちのいい場所。

しかも、動物達が、とても近い。

ということで、私もティアパークに1票！


でも、ここでもまたゆりねを思い出してしまう。

特に、しろくまと象が危険。

なーんか、似ているんだもの。

その動きに、じーっと見入ってしまう。


帰りは、クロイツベルクのベルリン一おいしいパン屋さんに行ってお土産のパンを買い、一回アパートに戻って荷物を置いてから、最後の夜は近所のイタリアンを食べに行く。

ドイツのリースリングが、ほんのり発泡していておいしかった。


そういえば、今回イタリアンは初めてだ。

よくお世話になったのは、ベトナム料理。ベルリンのベトナム料理店は、どの店に入っても、ちゃんとベトナムで食べたのと同じ味がするから、すごいなぁ。

スプリングロールとサマーロールの違いもやっとわかった。スプリングロールの方が揚げ春巻きで、サマーロールの方が生春巻き。熱い温度で揚げるからサマーの方が揚げ春巻きだろうと、勝手に思い込んでいた。でも、逆。

そして私が好きなのは、スプリングロールの方。

たいてい揚げ春巻きを頼んでビールを飲み、最後、小さいフォーを食べるというのが、私の定番コース。

それにしても、こっちの人も、上手にお箸を使って食べている。

お箸の文化が広がるのは、とてもよいことだ。


パスタを食べながらリースリングを2杯も飲んでしまい、しかも2杯目は200ccだったので、なんだかいい気分で店を出た。

それから、アイス屋さんに寄り道して、デザートにバニラアイスをひとつ。

食べながら、1日にふたつもアイスを食べちゃったことに気づいた。

でも、最後の日だし。

この、1ユーロのバニラアイスが、私はとってもとっても好きなのだ。

アイスひとつで幸せになれる町って、本当に素敵だと思う。

さてと、これから近所のカフェに朝ごはんを食べに行って、アパートに戻ったらスーツケースと共に部屋を出て、テーゲル空港に向かい、そこからヘルシンキに飛んで、ヘルシンキから成田へ。

ベルリンの、この爽やかな空気ごと、連れて帰りたいものだ。

今回もまた、パーフェクト!

いつになったら、ベルリン、もう行かなくていいや、って思えるんだろう。

ラトビアでの感動の余韻を、ベルリンで味わうことができて、幸せだった。

物語も、育ったし。なんだか、とっても充実した2週間になって、よかったよかった。

ラトビアから遠く離れてしまうことが、今、すごーく切ない。

北へ、北へ、

8月3日

先週の金曜日に帰国。

久しぶりに、ペンギンとゆりねに再会した。

土曜日の昼間はゆりねをトリミングに連れて行き、その夜は近所の中華料理店へ。

暑さと時差ぼけで頭が朦朧とするけど、それでもおじさんが手際よく作ってくれる料理は、しみじみとおいしい。

多分、あれが最後になってしまうだろう。

今日、再び旅立つのだ。

スーツケースからスーツケースへ荷物を移し、なんだか綱渡りみたいだ。

目指すは、北海道。

もちろん今回は、家族みんなで行く。

最初は、飛行機で行く計画だったのだ。

けれど、獣医さんのアドバイスもあり、ゆりねにとってなるべく負担の少ない移動手段を選ぶことにした。

だから、陸路。

これから、てくてく、てくてく、北へ、北へ、大移動が始まる。

日本の航空会社の場合、ペットを荷物として預けなければいけない。

離れ離れになるというのは、その間にどういう状態になっているのかわからないので、リスクが大きい。

その点、欧米の航空会社だと、すべてではないけれど、最近は、ペットを手荷物同様に機内に持ち込むことができる。

足元に常にいるので、安心だ。

日本の航空会社も、ペットを機内に持ち込めるようになればいいと、犬を飼っている身としては切実に思う。

ただ、陸路の旅自体、私たちはかなり慣れている。

去年の夏も、2日かけてベルリンからイタリアへ行ったりした。

だから今回は、その日本バージョンだ。

本当は、カシオペアに乗りたかった。

でも、行きも帰りも発売開始からすぐに売り切れていて、とてもじゃないけど予約できなかった。

というわけで、今日はまず新幹線で新青森まで行き、新青森から青森に移動し、そこから函館を目指す。

ゆりねにとっては、大冒険だ。

とにかく無事に、函館まで着くことを祈るばかり。


そうそう、3週間ぶりに会ったゆりねは、すっかり私のことを忘れている。

一応、玄関を開けた瞬間は喜んで飛びついてきたけれど、それはどの人に対しても一緒。

宅配便のお兄さんにも、来客にも、同じ態度で歓迎する。

3週間で、ペンギンに、ナンバー1の座を奪われた。

そりゃ、そうだ。ゴハンをくれる人がいちばんだもの。

ゆりねは私に対して妙によそよそしく、私を遠巻きに、「誰だっけ?」という顔で見ている。

前も会ったことがある、くらいはわかっているのかもしれない。

そして、ゆりねなりになんとか思い出そうとしている様子がいじらしい。

今は、「このお客さん、まだ帰らないなぁ」という感じ。

すっかり、ペンギンとの絆が深まっている。


いきなりこれを味わったら落ち込んだかもしれないけれど、去年、この「忘れられる」感覚はすでにコロで経験しているので、大丈夫。

まぁ、そのうち思い出すでしょう。

もしくは、それより先に、もう一度新しい関係ができるのかもしれない。

まずは北海道に行って、たくさん散歩して、一緒に楽しい時間を過ごそう。


追伸。

この日記の2013年分が、また文庫になりました!

今度のタイトルは、『今日の空の色』。
2年前、夏を鎌倉で過ごした年だ。
あの夏があって、今連載中の『ツバキ文具店』につながっている。
ぜひ、読んでください。

羊蹄山　8月6日

8月末までお世話になる家は、羊蹄山《ようていざん》の麓《ふもと》にある。

地域としては、ニセコ。

噂では聞いていたけれど、ほんと、外国にいるみたいな不思議な場所だ。

基本は英語。道行く人も、外国人が多い。

一見日本人かと思っても、アジアから来ている外国の人だったりする。


二日がかりの陸路の旅は、思いのほか楽チンだった。

新幹線はあっという間に新青森まで到着したし、続く函館までの移動も、問題なかった。

ゆりねはすこぶるお利口で、キュンもワンもいうことなく、終始リラックス。

やっぱり、時間はかかるけれど陸路にして大正解だ。

しかも、来年には新幹線が函館までつながるというから、陸路の旅がますます快適になる。

次回も、陸路に決定だ。


函館は、中学校の修学旅行以来だった。

その時は、確か、最後の青函連絡船に乗ったのだ。

今は、青函トンネルを通って行く。

函館は一晩泊まっただけだけど、いい町だ。

帰りもまた一泊するので、その時はぜひ教会も見に行きたい。

そして帰りは絶対に、市場でどんぶりいっぱいのイクラ丼を食べよう。

行きは、お金が足りなくて食べられなかったので。


今日あたりから、ニセコ暮らしもだいぶ軌道にのってきた。

東京みたいに決して便利ではないけれど、不便さも含めて楽しめそうな気がする。

それに、食べ物がおいしいのなんの。

ビールもソフトクリームも、野菜も、なんでもおいしい。そして、広い。

北海道にいると、距離感が違う。ずっとここにいたら、大らかな性格になるだろうなぁ。

もうすでに、細かいことはどうでもいいや、という気持ちになっている。

ゆりねは、涼しいこともあって、大はしゃぎだ。

いつでも散歩に連れて行ってあげられる。

うちは車に乗らないのでそれだけが心配だったけど、どうやら歩きとバスでどうにかなりそうだ。

窓から見える羊蹄山が、とてもきれい。

なんとなく、北海道を、とても好きになってしまいそうな予感がする。

今日は昼間、テレビで高校野球を見た。

北海高校、応援したけど負けちゃった、鹿児島実業に。

ここ数年はベルリンで夏を過ごしていたので高校野球を見ることはなかったけど、この夏は、こういう過ごし方もいいかもしれない。

今夜のメニューは、じゃが芋とソーセージ。

そう、ベルリンの食卓と似ているのだ。

ふつうのカレー　8月11日

旅先に持っていって助かるのは、カレールーだ。

海外に行くときは必ず持って行くけれど、今回もさっそくお世話になる。

じゃが芋、玉ねぎ、人参はだいだい世界中どこでも手に入るから、カレーは、どんな環境でも作れる優れもの。

東京の自宅にいるときは、カレールーを使うことは滅多にないけど、こういう場合はとても便利。

うちの近所にあるのは、セイコーマートが1軒と、コンビニが1軒。

セイコーマートは、北海道版の地元密着型コンビニみたいなものだから、コンビニが2軒あると書いた方がわかりやすいかもしれない。

大きなスーパーもあるにはあるけど、そこへはバスを使わないと行けない。

バスは、1時間に1本あればいい方で、うまく時間を合わせないと、行ったはいいけど何時間も帰れないなんてこともある。

だから、買い物は基本的にセイコーマート。

セイコーマートに、豚肉のコマも売っているので助かった。


カレーを作ると言ったら、ふつうのカレーにしてね、とペンギンに念をおされた。

今はふつうのカレーが食べたいという。

そして私も、今はふつうのカレーしか作れないので、利害が一致。

でも、ふつうのカレーがいいというペンギンの気持ち、わかる気がする。

祖母が作ってくれるカレーが、まさにそうだった。

じゃが芋も人参も、等しくサイコロ型に刻んであって、決して辛くなく、複雑な味もしない。

具材が小さく切ってあるから、火の通りも早くて、あっという間にできてしまう。

食べるときは、ソースをかけたりなんかして。

真っ赤な福神漬けがあったら、完璧だ。

昨日できたカレーは、まさにそういう「ふつうのカレー」だった。

大自然を前にして食べるカレーは、こういう方が合っているかも。


それにしても、北海道の食べ物は、どうしてこんなにおいしいのだろう。

水が違うのか？　空気が違うのか？　とにかく、何を食べても清らかな味がする。

おとといは、近くの広場でマーケットがあって、そこで、毛ガニをゲットしカニ寿司を作った。

ヒラメのお刺身も、ホタテも新鮮で、参ってしまった。

素材そのものがいいので、煮るとか焼くとか、簡単な調理法で十分。

だからここ数日は、家のキッチンで作っている。


ただ、食べ物がおいしいのはうれしいけれど、そのせいでついつい、飲みすぎたり、食べすぎたりする。

自然に近い場所にいるからたくさん運動するかというと、そうでもない。

東京での暮らしの方が、よっぽど歩く。

ここは基本、山なので、坂道がきつく、なかなか散歩を楽しむという感じにはならないのだ。

ということで、帰る頃にペンギンのおなかがどうなっているのか、ちょっと心配。

ゆりねは、ニセコのドッグランでも爆走した。

本当は、犬と遊ばせたくて連れていったのに、ドッグランに他の犬はいなかったので、一匹だけで暴れまくっていた。

今回のニセコ滞在を、もっとも楽しんでいるのはゆりねかもしれない。

北海道に来てから、ゆりねが犬臭くなっているように感じるのは、気のせいかしら？

ドッグランから帰って、ヘトヘトになって寝ているゆりねがかわいかった。

今日の晩ごはんは、ブロッコリーと、一夜干しのカレイとサバ。それに、塩むすび。

これで、東京から持ってきたお米は、すべて完食。

今、ペンギンが必死に大根をおろしている。

昆布と秋の空

8月20日

積丹半島《しゃこたんはんとう》へ、カヤックをしに行ってきた。

以前、屋久島《やくしま》でリバーカヤックはやったことがあるけれど、シーカヤックは初めて。


海の水が、ものすごくきれい。

ガラス越しに、森の中をのぞいているようだった。

後から知ったのだけど、その日はかなり波が高かったらしい。

カヤックも、結構揺れた。

波があるとなかなか思い通りの方向に進まなくて悪戦苦闘する場面もあったけれど、周りを見渡せば雄大な自然が広がっていて、幸せだった。

そのまま漕がずにちゃぽちゃぽと揺られて昼寝でもしたら、気持ちがいいだろうなぁ。

でも、そんなことしたら、大海原に投げ出されてしまうのだろうな。

途中、みんなで洞窟の中を探検したり、浜辺に上陸してお昼ごはんを食べたり、思いっきり大自然を満喫した。

海の中でたゆたう昆布を間近で見たのも、初めてだ。

手をグッと伸ばして、昆布をつかむ。

そのまま口に含むと、かりかりとした歯ごたえがあって、おいしかった。

昆布は、何枚かとって、家まで持ち帰った。

ちょうど、昆布を探していたのだ。

日高《ひだか》とか利尻《りしり》とか、そういう昆布とは違うけれど、これも、干して使えば立派な出汁がとれるとのこと。

今、干している最中だ。

シーカヤックを満喫したら、岬にある温泉へ。

お湯が、海水みたいにしょっぱくて、肌がすべすべになる。

北海道は、いろんなところに温泉があって、それぞれのお湯を楽しむことができる。

露天風呂からは、目の前にバーッと海が広がっていて、最高のロケーションだった。

そして、お風呂のあとは、うに丼。


積丹半島といえば、うに。

しかも、紫うにだ。

ご飯の上にぎっしりつまったうにには、薬の液体に漬けられていないので、自然のままの味がする。

うにって、本当に身を取り出すのがとても大変。

あんなトゲトゲした中から、一個一個、崩さないよう丁寧に出すのだもの、お値段が高くなって当然だ。


留守番をしていたペンギンには、紫うにをお土産に。

ご飯にはのせず、うにだけを、海水に入れてくれたので、本当においしかった。

ふたりで、白ワインを3分の2本くらい空けてしまう。

その夜、本人は全く覚えていないのだけど、どうやら私、夢の中でもオールを漕いでいたらしい。

手を動かしながら、壁にぶつけて、「痛い！」と叫んでいたようなのだ。

全然、覚えていませんけど。


ニセコはもう、秋空だ。

季節が、夏から秋へと移ったのを感じる。

朝晩はかなり肌寒い。


今日はこれから、一泊二日で、札幌へ。

倶知安《くっちゃん》の駅から、２時間弱。

道産子にとって、２時間という移動距離は、「近い」という感覚らしい。

確かに、北海道は広くて、だんだんそうなるのもわかる気がする。

北海道出身の人って、みんな大らかだもの。

帰国　8月30日

帰りも函館で一泊し、二日かけて陸路で帰国。

国内なので、帰国とは言わないのだろうけど、なんとなく、海外から帰ってきた気分だ。

きっと、ニセコのインターナショナルな雰囲気が、そういう気分にさせるのだろう。


今朝は、ホテルから赤レンガ倉庫のあたりまでゆりねと散歩した。

それからホテルに戻って、テレビで世界陸上のマラソンを見て、午前11時19分に函館から電車に乗った。

青函トンネルをくぐり、新青森で新幹線に乗り換えて、午後5時ちょっと過ぎには東京駅に到着した。

はるばる行くのをイメージしていたけど、陸路の旅もあっという間だった。

私は、飛行機よりも陸路の旅の方が好きかもしれない。

来春、函館まで新幹線が延びると、東京から4時間で着くという。

ニセコにいる間、北海道のテレビニュースでは、ほぼ毎日、新幹線開業に関する内容を報じていた。

20年後には、函館から更にニセコを経由して札幌まで新幹線が延びるというから、ますます近くなる。

新千歳空港への海外便の乗り入れも大幅に増えるとのこと。

海外からも、北海道にはもっともっとたくさん人が来るようになる。

ずっと人口密度の低いニセコにいたので、札幌に着いたときはたまげてしまった。

人がたくさん歩いている！　高いビルが建っている！　お店がたくさんある！

1泊2日だったけど、ニセコに戻ってホッとした。

ニセコでは、ひらふ地区のお祭りが楽しかった。

ちょうど札幌から友達が遊びに来たので、ニセコで知り合ったご近所さん達と6人でお祭りに行った。

面白いのは、国際色豊かな屋台。

中華やら韓国やらベトナムやら、様々な国の料理が味わえる。

ビールを飲んで、ワインも飲んで、太鼓の演奏を聴いて、花火も見た。

花火は、隅田川《すみだ》とかと較べると本当に小規模で、数も少ないし小さいのだけど、逆にそれが素朴でよかった。

ふだんは人が少なくてひっそりとしているのに、お祭りの会場にはいったいどこから集まったのだろうというくらい人がたくさんいて、そこらじゅうで英語が飛び交っている。

田舎にいると、朝市とかお祭りとか、ちょっとしたイベントがとても待ち遠しくなる。

都会での暮らしでは、なかなか味わえない経験だった。

そして、お盆を過ぎるともう秋だった。

ラトビア、ベルリン、ニセコと続いた今年の夏も、今日でおしまいだ。

わが家に帰ってきて、ゆりねは喜んでいる。

人間にもきつい移動だから、犬にとってはかなりハードだったに違いない。

帰りのタクシーでちょっと車酔いしてしまったけど、行きも帰りも、本当によくがんばってくれた。

今回で、かなり旅慣れた犬になった。


最近のわが家のお決まりとして、旅先から帰るときに、ご当地の駅弁を買って持ち帰る。

それを、帰宅して家で食べるのだ。

旅に出るから冷蔵庫は空っぽだし、疲れているから台所にも立ちたくない。

外食もちょっと、というとき、お弁当はとても助かる。

今日は、新幹線に乗る前、新青森で「帆立釜めし」と「海鮮小わっぱ」を買ってきた。

お店の、1番と2番の人気だという。

ふたつとも、大正解だった。


さてと、これからぬか床と再会しよう。

一週間以上家を空けるときは、上の方に塩をして行くのだけど、塩が多すぎてもしょっぱくなって戻すのに時間がかかるし、少なすぎてもカビが生えてしまうので、どのくらい塩でふたをするかは、結構難しいのだ。

今回は、うまくいってますように！

365日

9月9日

ゆりねがわが家にやってきて、一年が過ぎた。

驚くくらい、あっという間だ。

ゆりね中心の暮らしになり、頭の中の思考の何割かも、ゆりねが占めるようになった。

ゆりねのゴハンをどうするか？　カキカキ癖を治すには？　常にゆりねのことばかり考えている。

ゆりねを迎えてよかったことは、すぐに100個でも200個でも、挙げだしたらきりがないほどあるけれど、逆のことは思いつかない。

ペンギンに心の中で毒づくことはあるけれど、ゆりねに対しては常にピュアでいられる。

私たちが犬を飼う初心者であるため、ゆりねの怪我に気づかなかったり、ゆりねのために

よかれと思ってしたことが、逆に苦しめてしまうこともあって、本当に申し訳なく思うことも度々だ。

日々、ゆりねからは学ばせてもらっている。

この間、テレビでAIBOの特集をやっていた。

ソニーから発売された、イヌ型のロボットだ。

一時のブームで終わったのかと思っていたら、中にはちゃーんとAIBOとの関係を築いている方もいらして、それを見ていたら、生身の犬と全然変わらないと思った。

常に話しかけ、時には旅先にも連れて行く。

元気がなくなれば心配でたまらないし、病気にでもなった日には寝ずの看病をする。

それは、人間の子も一緒だろう。

AIBOはもう製造中止になったらしく、故障しても、簡単には直せないらしい。

もしゆりねを家族に迎えていなかったら、AIBOと暮らす人の気持ちなんて、理解できなかったに違いない。

ゆりねのおかげで、いろんな人の気持ちがわかるようになったし、確実に世界が広がった。

AIBOの特集を見ていて、ひとつ思ったことがある。

AIBOは人のためのロボットとして作られたけど、私は、犬のためのロボットとして、そういうのがいたらいいのになぁ、と思うのだ。

犬にとっては、一頭で飼うより複数でいた方がいいことの方が多い。

でも、諸事情によって、二頭飼えない場合も少なくない。

そんな時、犬の遊び相手になってくれたり、一緒にお留守番をしてくれる犬のロボットがいたら、助かると思う。

誰か、犬のためのイヌロボットを開発してくれませんかね？


もともと、ゆりねはコロのお嫁さんとして迎えたのだけど、どうやら、コロとゆりねの子どもを望むのは難しいようだ。

ゆりねは、そんなに体力がある方ではないし、皮膚が弱いので、しょっちゅう病院に通っている。

それを考えると、無理はさせない方がいいという結論に至った。

というわけで、ゆりねは来週、避妊手術をする。

この勢いで、10年なんかあっという間に過ぎてしまうことを想像すると、ちょっと切ない。

ペンギンなんか、ゆりねとの別れを想像し、もう涙ぐんでしまう有様だ。

長年AIBOと暮らしてきた女性が言っていたけれど、愛情が次第に深まるという。

確かに、オモチャだったら、最初がピークで、時間が経つにつれてどんどん興味や愛情が薄れていく。

でも、犬の場合は、そうではない。AIBOだって、同じなのだろう。

来たばかりの頃は、お母さんのように慕っていたぬいぐるみのめーめーちゃんを、今はすっかりまくら代わりに愛用している。

ゆりねはまくらがないと落ち着かないので、旅先にも小さなまくらを持参するのだ。

む、むむ、む

9月17日

この感情、いつかも味わったことがあるなぁ、と思って記憶の糸を手繰ったら、２０１１年の3月11日にたどり着いた。

津波が押し寄せ、無慈悲に家や車が流される映像を見ていて、その無力感に言葉を失った。

頭も心もぽかんとしてしまい、不感症というか、何も考えられない状況だった。


でも、あれは自然が起こしたものだ。

自然に対しては、どんなに人の力をつくしても、たちうちできない面がある。

だけど、今回は人が起こしたもの。

あの法案を、どこかのタイミングで食い止めることができたはずだと思うと、虚しいやら、情けないやら。

「む」は、無力感の「む」。漢字で書くと、無、無無、無無無無無。

夢だと思いたいけど、これが日本の現実なのだ。

総理大臣だから憲法を破ってもよい、ということになったら、むちゃくちゃな世の中になる。

それこそ、独裁政治だ。

そういうことを防ぐために憲法があるのに、本末転倒だ。

そもそも、政治家というのは、国民の代表であって、民意と対立するものではないはずだ。

首相の周りで思考停止してしまった人たち、今一度、ひとりの人間として、誰かの母親として、とてもシンプルに考えてほしい。

消費税の税率を引き上げなかったとして国民に是非を問う、よく意味のわからない選挙をしておきながら、今回は、国民の声を完全に無視し、憲法学者や先輩の政治家の反論には両手で耳をふさぐ。

自分の意見に賛同するイエスマンだけを身内において、ちょっと批判されるとヒステリックに声をあげる。

そんなに自分の意見が正しいと思うのなら、今こそ、正々堂々と選挙をすればいいと思うんですけど。

デモをする人たちをまるで小馬鹿にするような態度でさげすむ与党の政治家には虫酸《むしず》が走る。

こういうことが、これから先も、憲法をふみにじる形で次々と起きることを想像すると、背筋が寒くなる。

少子化対策をなんとかしようなんて言っているけれど、安心して子どもを産める世の中ではない気がする。

とにかく、守るべきルールは、誰であっても守らなくてはいけないという大前提を覆すようなことが、あってはならないと思うのだ。

今日は、なんだかなぁ、と思っているうちに、1日が終わった。

1日中ずっと雨だし、ゆりねは避妊手術をして元気がないし、しょんぼりの要因ばかり揃っているけど、まだ諦めてはいけない。

ペンギンは先日、近所の肉屋さんと、国会前のデモに行ってきた。

明日も行くと言っている。

私も、せめて自分にできることをやって、悔いが残らないように行動したい。
なにも、デモは国会前だけでなく、全国のいたるところでやっているのだ。
うちの近所でも、声をあげている人たちがいる。
どうか、多くの国民の声に耳を傾けてほしい。

初トンボ

9月23日

本を読んでいて、ふと顔を上げると、トンボが飛んでいた。

一匹だけでなく、ふわりふわり群れになって舞っている。

洗濯物はよく乾くし、シエスタにも気持ちがいいし、読書するにも最適だし、すばらしい五連休だ。

毎年秋にこのくらいのお休みがあったら、みんな、夏の疲れを癒せるのに。

うちの周りは、お正月のような空気が流れている。

避妊手術から一週間が経って、ようやくゆりねが元気になってきた。

術後すぐは、どうなるかと心配で心配でならなかった。

完全に人間不信になってしまい、自分のテントから出てこない。

私やペンギンと目を合わせようともせず、その表情には絶望感だけがはりついていた。
体が辛いのもあるにはあるけれど、それ以上に精神的なダメージが大きかった。

散歩に連れ出しても歩こうとせず、すぐに座り込んでしまう。
犬が変わったようになってしまい、正直、避妊手術は間違いだったのかな、と思った。
今でも、何が自然なのかはわからないままだ。
確かに、子宮や卵巣をとってしまえば、それだけ病気のリスクは減らすことができる。
そのことで、長生きするのは確かだ。
人間からすると、飼いやすくなるとも言われている。

でも、犬の身にしてみたら、どうなんだろう。
訳がわからないまま手術台にのせられて、全身麻酔を打たれて、おなかを切られて。
同じことを人間にあてはめれば、想像できる。
何が正しいのかは、本当にわからない。
ゆりねにとっては、どっちが幸せだったんだろう。

ゆりねは、私と散歩に行っても歩こうとしないのに、犬が来ると急に元気になって、思いっきりはしゃいでいる。

1だったテンションが、100に急上昇する感じだった。

だから連休中、そらまめやコロに会うことで、少しずつ元気を取り戻した。

もう、以前のゆりねに戻ったから一安心だけど。

手術が、肉体的にも精神的にも、よっぽどショックだったということが、よくわかった。

術後であまり留守番をさせるわけにもいかないから、連休中は家にこもって『ゴッドファーザー』を見た。
1、2、3すべて合わせると、9時間になる。
1日1本でも、途中でコーヒーブレイクをはさまないと持たない。

出てくる俳優出てくる俳優がみな、鼻が高くて彫りの深い顔立ちなので、誰が誰だかわからなくなった。

ペンギンはもうすでに何回か見ているらしいが、今回も、ラストのシーンで泣いていた。

曰く、「この涙は男にしかわからない」とのこと。

確かに、そうかもしれない。

白井聡《しらいさとし》さんの本に紹介されていた、ガンジーのことば。

「あなたがすることのほとんどは無意味であるが、それでもしなくてはならない。そうしたことをするのは、世界を変えるためではなく、世界によって自分が変えられないようにするためである」

安保法案は通ってしまったけれど、やれることはまだまだある。

1票の重みを、ひしひしと実感できたから、今まで選挙に行っていなかった人も、きっと行くようになるんじゃないかな。

とにかく、大切なのは、この悔しさを忘れないことだ。

彼岸花が、きれいに咲いている。

私は、赤いのより、クリーム色の彼岸花が好きだ。

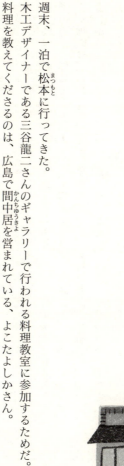

あかりを消して

9月28日

週末、一泊で松本《まつもと》に行ってきた。
木工デザイナーである三谷龍二さんのギャラリーで行われる料理教室に参加するためだ。
料理を教えてくださるのは、広島で間中居《かんちゅうきょ》を営まれている、よこたよしかさん。
以前から噂を聞いており、いつか彼女の料理を食べたいと思っていた。

料理教室の後は、夜の食事会。

灯明が置かれた薄暗いテーブルで、丁寧に作られた料理を、一皿ずつじっくりと味わう。

よしかさんが作る料理は、まるで自然の神様にひれふしているようで、食べ物そのものに対する慈愛であふれていた。

自分の都合ではなく、常に相手（食材）の気持ちを最優先し、手間と時間をかけることを少しも厭《いと》わずに作られた料理は、心の中をしんと静かにさせる。

牛乳を、ただただ3時間弱火にかけ、その間ひたすら混ぜ続けて作ったという「醍醐味」は、よしかさんの思いそのもののようで、おもてなしの気持ちの結晶だった。

食べ終わって振り返ると、料理をいただいた、というよりは、贅沢な時間そのものを味わったような、不思議な感覚に包まれた。

料理って、食べている最中ではなく、料理と料理の「間」を楽しむものなのかもしれない。

そして、ふだん自分がいかに食べ過ぎているかも、痛感した。

ゆっくりと、時間をかけて味わえば、少しの量でも、十分に満たされるのだ。

その方が、体にとってはずっと快適であることを、体感した。

よく嚙《か》めば、それだけ口の中に味が広がるし、満腹感も得られる。

よしかさんは、こんな人になりたいな、と思う、まさにそういう生き方をされている方だった。

それにしても、松本ってなんていい町なんだろう。

以前行ったのは、『ファミリーツリー』の取材の時。あの時は冬だった。

そのたびに思うけれど、女鳥羽川《めとばがわ》にかかる一ッ橋から見る景色が好きだ。草の間をゆったり流れる女鳥羽川と、その向こうに広がる山並みは、何度見てもホッとする。

川はこうあってほしい、と思う理想的な川が女鳥羽川だ。

しかも、その川にかかる橋には、幸橋《さいわいばし》や太鼓橋《たいこばし》など、いちいち洒落た名前がつけられている。

川沿いには、古くて美しい建物がまだまだたくさん残されていて、歩いているだけで穏やかな気分になる。

大きすぎず小さすぎない町の規模も、人々に安らぎをもたらす理由かもしれない。


軽井沢経由で東京に戻ったので、晩ごはんは、またしても釜飯になった。

やっぱり、おいしい。

気づいたのだが、この飽きのこない感じというか、全体のテイストは、崎陽軒《きようけん》のシウマイ弁当と相通じるものがある。

筍や椎茸、杏《あんず》など共通する具材もあって、何度食べてもまた食べたくなるお弁当だ。

食後は、あかりを消してお月見を楽しんだ。

昨夜の月は、素晴らしいの一言。

雲間から顔を出したり、また隠れたり、まさに、雲の上を進む筏《いかだ》のようだった。

雲ごしに見る満月もまた、風情があって神秘的だ。

ススキもお団子も用意できなかったので、急きょ、ゆりねバーグをお皿に盛ってお供えした。

お月見をしながらするヨガは、最高だった。


そして今夜は、十六夜《いざよい》。

今年いちばんのスーパームーンが見られるという。

でも、スーパームーンって表現は、どうも情緒に欠ける。

日本語だと、超月というらしい。


今夜は、芋煮。

食事を終えたら、あかりを消して、秋の夜長を堪能しよう。

ラトビアから

10月8日

カゴが届いた。
首を長ーくして待っていたカゴ。
はるばる、船に乗ってやって来た。

柳の樹皮を細く割いて編んだカゴは、丈夫で、しかも軽い。
これは、ラトビアの人間国宝のおじさんが編んだものだ。
工房にお邪魔して、数あるカゴの中から選んだ。
同じ形で小さい方は手荷物として持ち帰り、大きい方は、さすがに船便で送ったのだ。

ずっと、洗濯カゴを探していた。

これなら、大きいからたっぷり入れられる。

このカゴを手にした時、きっとペンギンに怒られるのを覚悟したけど、（いったいいくつカゴを集めれば気がすむんだ！）、意外にも、それほどお咎《とが》めなしでホッとする。

洗濯機の上に、ちょうどよい置き場所が確保できたし。

これで、我が家の洗濯カゴ問題が、ようやく解消した。

さっそく、ゆりねも中に入ってくつろいでいる。

たまには、こんな使い方もありかもしれない。

時を同じくしてミトンも届いた。

これは、自分でオーダーして編んでもらった特別なミトン。

多神教のラトビアでは、様々な神様が、それぞれシンプルな形の文様で表され、その文様は衣類や器、食べ物に至るまで、いろんな場面に登場する。

人にはそれぞれ自分の守り神となる神様が存在し、その神様は一生変わらない。

その神様を決める儀式があって、私の場合、それは雷神だったのだ。

雷神は、卍《まんじ》の文様で表される。

それで、明るい暖色系の色を使って、自分の手の大きさに合わせた雷神の文様のミトンを編んでもらった。


ふだんには使えない気がする。

ラトビアでも、防寒具として実用的に使う他、男の人は、特別な日の装身具として、ベルトの間に挟んで使ったりする。

これは、私にとっては、そんな特別なミトンだ。

お守りのような存在かもしれない。


いったい、どんな方が編んでくれたのだろう。

指のところも、きちんと文様がつながるように編んである。

ミトンを編む時、これがもっとも難しいそうだ。

ラトビアに生まれ育った女性なら誰でもミトンが編めるという。

私もいつか、ミトンを編んでみたいけど。

ペンギンは、また今日から大学の社会人講座へ。
今回は、ナチス・ドイツの歩みについて、映画を見ながら学ぶのだそうだ。
ラトビアも、第二次世界大戦中、ホロコーストで多大な被害を被《こうむ》った。
その後は長きにわたってソ連に占領され、過酷な時代を味わっている。
自分たちの歌を歌うことも、踊ることも、民族衣装も禁止された。
そんな中、ミトンだけはとがめられなかった。
だから、ミトンはラトビア人の魂であり、誇りのようなもの。
今日は一日中、ラトビアの風が吹いていた。

レーズンバター　10月16日

幼い頃、週に1、2回、近所に移動販売車が来たのを覚えている。

そのトラックが来ると、祖母はすぐにビーズのお財布を持って、外に駆け出す。

その後を、私も追いかけた。

祖母が買うのは、決まってレーズンバターと味噌ピーナツだった。


レーズンバターは、よくおやつに食べていた。

味噌ピーナツは、温かいご飯の上にのせて。

今、それを目の前に出されたらちょっと抵抗がありそうだけど、子どもの頃は大好物だったっけ。

とろりと溶けた味噌の感じと、ピーナツのカリカリ感がたまらなかった。

どちらも、冷蔵庫に常備されているくらい定番だったけど、最近はどっちも見なくなった。

そんなことを思っていたら、おいしいバターに巡りあった。

バターは断然、ヨーロッパにかなわないと思っていたけれど、日本で作られているバターも負けていない。

佐渡《さど》の素材を使って丁寧に手作りされているという、その名も「佐渡バター」は、とても清らかな味わいで、すいすいと口に入ってしまう。

とても危険な食べ物だと心得つつ、つい、パンにたっぷりつけて食べたくなる。


でも、もっともおいしく贅沢なのは、バターを主役にする食べ方だ。

ということで、レーズンバターを作ってみた。

作り方は、柔らかくしたバターに、ラム酒につけておいたレーズンを混ぜ、再び円柱状に成型して冷蔵庫で冷やすという、簡単なもの。

これが、すばらしくおいしかった。

コツは、レーズンをたくさん入れること。

バターは、レーズンのつなぎ程度がちょうどいいみたい。

そして、バターにもよるけれど、ちょっと塩をきかせると、大人のおつまみになる。ワインとの相性もいいし、お酒を飲んだ後のデザートにもいい。

今夜の晩ごはんは、カキフライ。
今シーズン初だ。
ティーポットにも、カーディガンを着せて、冬支度。
明日は、レーズンサンドを作ろう。

柿々　10月18日

日曜日の午後、窓辺に置いた羽根布団の上で、ゆりねが昼寝をしている。

一応ペンギンの羽根布団なのだけど、まるで自分の物であるかのような態度で、お布団のもっともふかふかふかとした膨らみに、手足を投げ出している。

この上ない至福の表情だ。

それを見ているだけで、私もとても気持ちよくなる。

何の心配事もなく、今がいちばん幸せ、という寝顔。

その上、ゆりねは極上の羽根布団に横たわって昼寝をしながら、夢まで見ている。

もごもごと口を動かして、夢の中でも何かご馳走を食べている。

なんて幸せな犬なんだろう。

窓辺に布団を出しておいたのは、昨夜、ゆりねがそこに粗相をしたから。

昨日、クリーニングから出したばかりのペンギンの羽根布団に、やってしまったのだ。

１００回中99回はちゃんとシートにするのだけど、たまーにやってしまう。

昨日は、お風呂から出て、体が濡れて、興奮して暴れて、つい場所を間違えてしまったらしい。

せっかく布団カバーをかけたのに、また外して洗濯した。

明日、クリーニング屋さんに電話して、数日前に届けてもらったばかりの羽根布団を、また洗濯に出さなくちゃ。

とほほほほ。

でも、そんな人間の不平を吹き飛ばすほどの、恍惚《こうこつ》とした表情で眠っているから、ま、いいや。

犬と暮らすようになってから、気が長くなったかも。

怒っても通じない者に対して、腹を立てても仕方がないと思う。

昨日は、生まれて初めてレーズンサンド作りに挑戦した。

ずっと、作りたいと思っていた。

思い返すと、子どもの頃からレーズンサンドが好きだった。

大人になって、何か一つ、得意なお菓子を身につけたいとずーっと思ってきた。

手土産にさらりと渡せるようなお菓子があったら、素敵だと思う。


この夏、ニセコにいた時は、近くのホテルの売店に、六花亭《ろっかてい》のレーズンサンドが売られていた。

大好きなお菓子が毎日のように食べられて、幸せだった。

あんな味を自分で作れるようになれたら、最高だ。


初めて作ったレーズンサンドの見た目は、かなりひどい。

きちんと冷める前にサブレを触ってしまったので、割れてしまった。

でも、味の方は、なかなかいい線いっている。

正直、六花亭の味にかなり近い。

単に、レシピ通りに作っただけだけど。

ペンギンにも、ほめられた。

でも、作った本人としては、まだまだ納得していない。
誰かにプレゼントするまでは、何度も何度も繰り返し作って、切磋《せっさ》琢磨《たくま》しないとダメ。
味はまぁまぁでも、やっぱりこれでは、人様にはあげられない。
というわけで、当分の間、おやつはレーズンサンドだ。
ペンギンにはさっそく、もっと小さいのを作って、と言われてしまった。

夕方、散歩がてら買い物へ。
来年用のスケジュール帳を買う。
表紙の絵は、牛乳瓶。
もう長いこと、このシリーズのお世話になっている。
軽くて、一ヶ月の予定をひと目で見渡せるのが最大の理由だ。

今夜は、ちくわ天のキノコあんかけ。
ふと、4種類のキノコの入ったパックを見て、ひらめいたのだ。
これで、立派なご馳走になる。

ペンギンも、また作ってとご満悦。
レーズンサンドより、ウケがよかった。
今日は、読書して、散歩して、正しい日曜日の過ごし方だった。
デザートは、近所の柿。
火、木、土、朝10時から、無人の販売所ロッカーに並ぶ。
小粒で、カリッとした食感の、種が大きい控えめな甘さの柿だった。
この柿が並ぶと、いよいよ秋が深まってくる。

読書の秋と

10月31日

ずいぶん前に買ったのに読まないままになっていた『憎むのでもなく、許すのでもなく』を、ようやく読み始めた。

著者のボリス・シリュルニクは、１９３７年フランスのボルドーに生まれたポーランド系ユダヤ人で、５歳の時、フランスのヴィシー政権下で行われたユダヤ人一斉検挙により両親を失った。

シリュルニク自身もその翌年、わずか6歳にしてフランスの警察により逮捕された。強制収容所へ送られそうになるが、寸前のところで脱出に成功し、一命をとりとめたという。その後、苦学の末に精神科医となった。

シリュルニクは書いている。

「憎むのは、過去の囚人であり続けることだ。憎しみから抜け出すためには、許すよりも理解するほうがよいではないか」と。

シリュルニクは、自分の記憶をとても丁寧に分析する。

その結果わかったのは、事実としての出来事に、自らが手を加え、自分にとって受け入れやすい思い出へと変えていたことだ。

辛かったことを辛かったまま記憶すると、それはやがてトラウマとなって本人を苦しめる。だから、シリュルニク少年は無意識のうちに人間を良きものであると記憶を変容させることで、人間に希望を見出したというのだ。

ありのままを受け入れるには、あまりに過酷すぎたのだろう。

憎むという行為は、自分の心を蝕《むしば》むので、結果的に自分の人生にはプラスに働かない。

かといって、努力して許す必要もない。

忘れる、というのも違う。

相手の行いを理解することこそが傷ついた自分自身の魂を救うというのは、確かにそうだと納得した。

このやり方は、きっといろいろな面に、応用できるような気がする。

近所の柿の無人販売は、数日前に終了した。

仕方なく、他の柿を買ってきて白和えを作る。

今夜は、お客様。

食欲の秋も、絶好調だ。

山形から取り寄せた原木なめこは、盛って菊のお浸しと合わせるつもり。

レーズンサンドの方は、2クール目に入り、だいぶ、理想の形に近づいてきた。

ジャーキー!!!　11月8日

すっ転んだ。

としか表現できないくらい、派手に転んだ。

ゆりねを連れて、散歩に行った時のこと。

ひと通り歩いて玄関まで戻ってきたら、いつものごとく、ゆりねがまだ帰りたくないと地面にへばりついた。

仕方ないので、もう少しエネルギーを発散させようと、「よーい、ドン」。

集合住宅の駐車場を走るのは、よくあることだ。

けれど、その日は走っているうちにどんどんスピードが増し、ゆりねに負けずに本気で走ってしまった。

すると、ゆりねもますます加速する。
そして、あろうことか、私の足元に入り込んで走ってしまったのだ。
あー、このままではゆりねを踏んづけてしまう。
と思った数秒後には、目の前に地面が迫っていた。
完全に、アスファルトの地面でうつ伏せの大の字になっている。
野球でスライディングをしたような格好だ。

痛い、と思ったけれど、もっと困ったことに、私の手からリードが外れている。
数メートル先にいるゆりね。
靴は、片方が脱げて、数メートル私の後ろに落っこちている。
こんなふうに転んだのは、いつ以来だろう。
犬と競走しようと思った私がバカだった。

ところで、なんの自慢にもならないが、ゆりねは、「おいで！」と言っても、来たことがない。
「ゆりね！」と呼んでも、知らんぷりする。

どういうわけか、コロもそうだ。

うちに来ると、ぼんやりとした犬になってしまうのだろうか。

ゆりねなんか、幼稚園にも通っているのに、基本中の基本である呼び戻しに問題がある。

一応、家でもがんばって教えているんだけど、成果はない。


とはいえ、ゆりねもいくつかは、わかる単語がある。

そのひとつが、「ジャーキー」だ。

ニセコにいる間、エゾジカのジャーキーをおやつにあげていたら、すっかり大好きになり、「おいしいもの」はすべて、「ジャーキー」だと思っている。

「ジャーキー」と呼ぶと一目散に飛んでくるので、恥ずかしいけれど、「おいで！」の代わりに「ジャーキー」を使っている。


ということで、すっ転んでリードが外れてしまったからには、それで呼び戻すしかない。

痛い体を無理やり起こし、焦らず、落ち着いて、おなかの底から声を出した。

「ジャーキー！！！」

ジャーキーを覚えてくれて、助かった。

ゆりねに、怪我がなくて心からホッとした。

もう、ゆりねとかけっこなんか、しちゃいけない。

若くはないのだ。


ところで、世界陸上を見ていた夏以来ずっと疑問なのだけど、どちらも本気で走ったら、ゆりねとボルトは、どっちが速いのだろう。

私は絶対にゆりねに負けるけど、ボルトなら、ゆりねより速く走れるのかな？


そうそう、「ジャーキー」以外に、ゆりねがもうひとつわかっている単語がある。

「コロ！」と声をかけると、コロが来たんじゃないかと、急に目がハート型になってうれしそうにぴょんぴょん跳ねるのだ。

でも、それが嘘だと知った時の落胆する様子がかわいそうで、こちらはあまり実用できない。

というわけで、何か緊急事態が発生した時は、恥も外聞もかきすてて、迷わず大声で「ジャーキー！！！」と叫ぶ。

なんでこんなことになってしまったんだろう？

「かようびのドレス」　11月14日

できた、できた。

私が翻訳を担当させていただいた絵本、『かようびのドレス』。

これは、アメリカで出版された絵本で、原題は「I HAD A FAVORITE DRESS」というもの。

原作者のボニさんは、たくさんのお気に入りのドレスを持っている、娘のリリーのためにこの絵本を書いたという。

主人公は、おしゃれが大好きな、かわいい女の子。

けれど、ある日お気に入りのドレスが着られなくなってしまう。

悲しんでいたところを、ママが機転をきかせ、次々と別の何かに作り変えてくれるのだ。

キーワードは、「逆転の発想」。
原書では、
Don't make mountains out of molehills.
Make molehills out of mountains.
となっている。

女の子の気持ちが、よくわかった。

せっかく大好きな服だったのに、自分が大きくなって着られなくなるのは、とても切ない。

でも、主人公のママは、そのドレスをすぐ手放すのではなく、知恵を使って別のものに作り変えていくのだ。

それをまた、女の子は大好きになる。


ジュリアさんによる絵も洗練されていて、とってもかわいい絵本になった。

ぜひぜひ、お手にとってみてください！

こういうお仕事ができるのって、すごーく幸せだ。

それにしても、と思うことがある。

この絵本もそうだし、先日試写を見た「星の王子さまと私」もそうだけれど、どうも「父親」の存在がかなり希薄だ。

『かようびのドレス』にいたっては、父親に関しては全く触れもしないし、「星の王子さまと私」の方も、離婚して今は母親と娘のふたり暮らしという設定で、ほとんど父親に関しては触れられない。

もしかすると、先の先の未来には、父親っていうものはなくなっているのかな、と思う。そのことがいいとか悪いとかは別にして、母親が経済的に子どもをひとりで育てられる環境にあるのなら、家の中に、父親という存在がなくてもよくなるというか。

種としての役割だけ果たして、あとは母親が子育てをする動物に近づいていくような、そんなイメージだ。

男の人としては、ちょっと悲しいのかもしれないけれど、そんな気がしてしまう。

ちなみに、「星の王子さまと私」では、劇場用のパンフレットに文章を書かせていただいている。

『星の王子さま』、今までに何回読んだかわからない。

もしも一冊だけ、無人島に本を持っていくのを許されるなら、私は迷わず『星の王子さま』を選ぶだろう。

何度読んでも新たな発見があり、読めば読むほど不思議な気持ちになる。

今は、バラの花の複雑な心模様に興味がわいている。

王子さまのことを素直に好きだと言えなくて、意地悪を言ったり、無理難題をつきつけたり、そのいじらしさがかわいいなぁ、と思う。

プライドが高くて、けれど甘えてもいて、そんなバラの花に王子さまは振り回されるけど、でも実はとても情が深くて、王子さまのことを心から愛している。

「星の王子さまと私」は、王子さまのその後のお話だ。

こちらもとてもいい映画だったので、ぜひ、たくさんの大人にも子どもにも、見てほしいと思う。

レーズンサンドは、そろそろ、完成形かもしれない。

コツは、サブレの生地を薄くして焼くこと。レーズンを、たっぷりサンドすること。

サブレもクリームも時間がある時に別々に作っておけるし、日持ちがするので、贈り物として作るにはちょうどいいみたいだ。

「これだけで、幸せ」

11月19日

新しい本ができました！
これは、ふだんの小説とは違い、私の暮らしをまとめた一冊。
私が日々の暮らしで大切にしている、物や人、時間に関しての本です。

タイトルは、『これだけで、幸せ』(講談社)。
表紙には、ゆりねもちゃっかり写ってます。
ぜひぜひ、本屋さんで見つけてくださいね！

40歳を過ぎた頃から、人生を引き算で考えるようになった。
それまでは、足し算で、あれもほしい、これもほしい、あそこにも行きたい、と欲望を満たすことが人生の喜びになっていた。

けれど、気がつくと、有形無形にかかわらず、自分にとっての必要でないものまで抱えたり、背負ったりして、結果として、自分を苦しめていたのだ。

だから、本当に必要なものだけを吟味して手元に残し、いらないものは潔く手放す。

そういう暮らしを、心がけるようになった。

その結果、手元に残って終生大事にしたいと思うものなどを、今回の本に紹介させていただいた。

私の理想の生き方は、遊牧民。

日々の暮らしに必要な荷物だけを持って、旅をするように生きていきたい。

そのためには、足るを知る、ということも、とても大切だと思う。

もっともっと、という欲望にどこかで区切りをつけないと、逆に自分を苦しめてしまうから。

そして、自分が「もうここで満足」というラインを決めておくと、結構楽になる。

あと、何が好きで、何か嫌いかを自覚することも大切だ。

それがわかってしまえば、身の回りの物を、心地よく揃え、気持ちよく暮らすことができる。


私にとっては、自家用車はいらないし、携帯電話もいらない。

所有しないことで、身軽になれる。

その基準は人それぞれでいいと思うので、私の暮らしが、何か、ちょっとした暮らしの糸口になってくれればいいな、と思う。


この季節でいうと、私にとっていらないものの筆頭は、カレンダーだ。

どうしてあんなにみんな、カレンダーを作って配るのだろう。

自分で選んだ、自分の好きなデザインのものを飾るのだったら、わかる。

けれど、方々からそんなにたくさんもらっても、使う場所がない。

特に、好きでもない写真がでかでかと印刷されたカレンダーには、困ってしまう。

必要とされないものを作っても、作るだけ無駄だと思うんだけどなぁ。

よそのお宅では、そんなにたくさん、カレンダーを置いているのかしら？

そういうとき、面と向かって差し出されたら丁寧にお断りができるけれど、郵送だったり、勝手に郵便受けに入れられてしまうとなす術《すべ》がない。

カレンダーひとつで大袈裟《おおげさ》な、と感じる人もいるかもしれないが、いらないものはいらない、家の中に入れない、というルールを作るだけで、ずいぶんと物は減るのかもしれない。

たいていの場合、日本人の家は、狭いのに物にあふれている。

これから歳を重ねるうえで、私は更に持ち物を減らしていきたい。

そして最後は、本当に愛着のある、好きなもの、好きな人だけに囲まれて、人生を終えたいと思っている。

記念写真

11月30日

週末、写真館へ行ってきた。

撮影の主役は、コロとゆりね。

それぞれの親族（人も犬も）を含め、総勢4匹と4人の撮影会だ。

写真館で写真を撮るというのは、人生でも数えるほどしかない。

前回は、姉の結婚式のとき、ついでに撮ったペンギンとの2ショット写真だし、その前は、まだ祖母が生きていた頃だから、おそらく30年くらい前。

写真は家でも簡単に撮れる時代だけど、だからこそ、せっかくなので、写真館で撮ることにしたのだ。

その方が、記憶にも残るし。

もともとはコロのお嫁さんとしてゆりねを迎え、2匹の子どもを取り上げるつもりだった。けれど、2匹は仲はいいけどオスとメスとしての相性はイマイチで、ゆりねもそれほど体が丈夫ではないので、この秋に、ゆりねの方から避妊手術をやった。

その後、ゆりねがひどいアレルギー体質だというのもわかり、やっぱり2匹の子どもをあきらめて正解だった。

けれど、せっかくできた両家のご縁なので、何か記念になることをしようということになったのだ。

名目上は、コロとゆりねの結婚式だ。

コロの実家からは、飼い主の先生と、お嬢さん、コロのお姉ちゃん（トイプードル）とお兄ちゃん（ポメラニアン）が出席。

つまりゆりねにとっては、お姑さんと小姑さんたちみんなに囲まれての撮影会。

たまたま近所に、犬を飼っていて、犬の撮影もしてくれる写真館があったので、そこでお願いすることにした。

ただ、自分でも撮るからわかるけど、犬の写真を撮るのは、かなり難しい。

だから、人間はともかく、4匹の目線をちゃんと合わせて撮るのは大変なんじゃないかと思っていた。

ところがどっこい、さすがはプロの写真屋さん。

カメラの方に、3人が立ち、鈴を鳴らしたり笛を吹いたり、あの手この手で犬たちの興味を引く。

そして、犬たちがもっともいい表情をしたところで、パシャリ、パシャリ。

犬の喜ぶような音を、心得ていらっしゃるのだった。


昔と違って今はデジタルなので、その場で写真の確認ができる。

なんだか、いい感じに撮れていた。

当初は、4人プラス4匹の集合写真だけのつもりだったのだけど、せっかくだからと、私とペンギンとコロとゆりねだけの写真も撮ることに。

コロは私がだっこして、ゆりねはペンギンがだっこした。

家で私が撮るときもそうだけれど、こういうとき、コロはばっちりカメラ目線で、昭和の俳優みたいな顔をする。

それに較べると、ゆりねはぽかんとして、しまいには飽きてだらけていた。

ほんと、誰に似たのか、ゆりねはすぐに飽きてしまう。


その後、そのまま移動して近くのカフェでみんなでティータイム。

夜は犬たちをそれぞれの家に置いてから、先生とペンギンと私で、台湾料理を堪能した。

犬尽くしの、あっという間の1日だった。

でも、犬が縁でこんなふうに親しくなれるのは、かなり楽しい。

コロやゆりねのおかげで、世界がぐんと広がった気がする。

来月にはコロも去勢手術をするけれど、コロをわが家にムコ殿として連れてくる関係は、これからも続けていきたいと思う。

この日のために用意した、お揃いの蝶ネクタイが似合っていた。

たまにはおめかしして写真館に行くのも、いいものだなぁ。

ラトビアの夕べ

12月6日

ラトビアを訪ねたのは、半年ほど前になる。
ちょうど夏至祭を過ぎたばかりで、太陽の光がさんさんと町や人を照らしていた。
今はきっと、あの時とは驚くほど景色が変わっているのだろう。
すごーく寒そうだけど、いつか、冬のラトビアにも会いに行きたい。

ラトビアで過ごした時間を思い出すと、いまだにうっとりしてしまう。
あれから私は、のぼせたように、ラトビアのことを思い続けているのだ。
なぜラトビアに行ったかというと、それは物語を紡《つむ》ぐため。
その取材で、訪れたのだった。
今から思うと、運命の出会い。

旅をご一緒したのは、イラストレーターの平澤まりこさんと、編集者の森下さん。

私にとっては、なんとも贅沢な、夢のような時間だった。


その時の旅エッセイが、最新号の「MOE」に掲載された。

そして、来年からは、隔月で、ラトビアを舞台にした物語が連載される。

挿絵は平澤まりこさんだ。

大好きなイラストレーターさんとお仕事をご一緒できるなんて、本当にラッキーだ。


というわけで、ラトビアをご一緒したメンバーで、物語のスタートをお祝いし、ラトビアの夕べを開催した。

灯すのは、ラトビアでいただいたキャンドル。

なんとなく、ラトビアをイメージした料理を作った。


本当は黒パンを作りたかったのだけど、まだレシピが完成していないので、今回はまず、田舎パンを焼く。中には、クルミと干しぶどう、干しイチジクが入っている。

前菜は、ブルーチーズとりんご、クルミ。

スープは、古代小麦と大麦、レンズ豆、それに砕いたヒヨコ豆が入った、麦と豆のほっこりスープ。

続いて、ほうれん草と牡蠣《かき》のグラタン。

続いて、じゃが芋のニョッキ。

メインは、じっくりと低温で焼いて余熱で火を通した、塩豚のロースト。

つけ合わせは、コールスローサラダ。

デザートは、まりこさんがお土産に持ってきてくださったオーボンヴュータンのケーキ。


私はずっと、挿絵がたくさん入るような本が書きたいなぁ、と思っていたので、今回のお話をいただいた時は、飛び上がるほど嬉しかった。

どんな本になるのか、今からとても楽しみでならない。

まずは、エッセイで、ラトビアの世界に触れていただけたら嬉しいです。

そして、来年から始まる物語も、ぜひ読んでください。

物語のタイトルは、『ミ・ト・ン』になった。

ミトンは、ラトビアに古くから伝わる手袋のことで、ラトビアの人たちにとっては、非常に大切なもの。

ソ連に占領されていた時代は、自分たちの歌や踊り、民族衣装までもが禁止されたが、ミトンだけは禁止されなかったという。

つまり、ミトンはラトビア人にとっての誇りであり、魂のようなもの。

寒い時の防寒具としてはもちろん、男性がおしゃれのためにベルトにはさんだり、様々な使い方をされている。

そんな、ミトンをめぐる物語だ。


ところで、私は今、馬の気分を味わっている。

背中に森下さんという編集者を乗せて、颯爽《さっそう》と草原を走っている、そんなイメージだ。

馬が、自ら道を決めることはできない。

誰も乗せずに好きなように走ったら、暴走して破綻する。まれには、自分だけで走れる馬もいるかもしれないけれど、私には、自分とは違う視点から適切な指示を出してくれる編集者が必要だ。

お互いの息が合ってくると、気持ちよくて気持ちよくて、もっともっと遠くへ走りたくなる。

そして、背中に乗って手綱を握っている人に、もっともっと美しい景色を見てほしいと願う。

ただその一心で、馬はひたすら走る。

そして、馬（書き手）だけでも、人（編集者）だけでも、たどり着けない場所に、お互いが組んで力をあわせることでたどり着くことができるようになる。

全然、苦しくはない。

作家と編集者の関係というのは、きっと、そういうものなのではないのかな？　と思った。

一心同体になれると、自分の力を超えられるのかもしれない。

馬になる喜びを、私は今回の作品で、ひしひしと感じている。

一週間

12月10日

先週の木曜日の未明に、Sさんが亡くなった。

私にとっては、感謝してもしきれないほど、とてもお世話になった方だ。

そんなにお世話になったのに、最近はあまり会っていなかった。


以前はよく、ご飯を食べにわが家に来てくれた。

東京の端っこから端っこへ、いつも帰るのが深夜になって、タクシーで帰っていた。

私が作家になることを、親身になって応援してくれた。

いつもニコニコ笑っていて、誰とでも、分け隔てなく同じ態度で接する人だった。

ものすごく付き合いが広くて、なんだかドラえもんのポケットみたいに、誰かと誰かをつなぐのが上手な人だった。

ここ数年は、海外を飛び回っていた。

そのことで、恩恵を受けた人たちが、たくさんいる。

でも、きっと体は疲れていたのかもしれない。

あと少しで50代だったのに、残念だ。


亡くなったと知った時は、正直、あまり実感がわかなかった。

けれど、日を追うごとに、Sさんに言われた言葉とかを思い出して、もう会えないのだと思うと切なくなり、すぐに涙がこぼれてしまう。

一週間前にSさんは命を落とし、それからお通夜、葬儀といとなまれて、もうSさんの亡骸は荼毘《だび》に付された。


ものすごく頭がよくて、たいへんな仕事をたくさん抱えていて、でも、どこかおっちょこちょいなところがあった。

そんな生き方を、私は少し遠いところから、はらはらして見ていた。

生き急いだのだろうか。

「人って、結構簡単に死んじゃうんですねぇ」なんて、半分笑いながら言うSさんの姿が目に浮かぶようだ。

きっと、いちばんびっくりしているのは、Sさん本人なんじゃないかな。

人の運命って、本当にわからない。

どんなに危機的な状況でも助かる人もいれば、あっけなく命を落とす人もいる。

そんなことがあったので、昨日、午前中の早い時間に電話が鳴った時も、反射的に、よくない知らせかと身構えてしまった。

けれど、そうではなかった。

ずっと毎月支援してきたミャンマーの女の子が、数日前に結婚したという。

彼女は、17歳になっていた。

直接会ったことはないけれど、折に触れて、手紙をやり取りしていた。

結婚したので、もう支援は必要ないそうだ。

私は、合計7年間、彼女に毎月お金を送っていたことになる。

どれくらい彼女の人生に貢献できたかはわからないけれど、無事、人生の伴侶と出会えてよかった。

結果的に、彼女からの最後の手紙となったのは、私へのバースデーカードだった。

なんとなく、ずっと小さい女の子を相手にしているような気持ちでいたけれど、彼女もちゃんと大人になっていたのだ。

また、来月からは別の女の子を支援する。

一週間って、こんなにも長かったんだなぁ。

Sさん、今ごろ天国で、うなぎでも食べているかしら？

しまつのスープ　12月17日

また、今年も届いてしまった「フレッシュギフト」。

もう、わが家は結構ですとやんわりお断りしたのだけど、伊勢に住む親戚から、伊勢海老とサザエが来てしまった。

あー、サザエはまだしも、伊勢海老はねぇ。

フレッシュギフトというからには、当然、生きている。

もちろん、豚だって牛だって鶏だって、命の重さに変わりはないのだろうけど、生きている伊勢海老にグサッと包丁を差し込むのは、気持ち的にかなりしんどい。

お肉や魚にはない、妙な迫力が伊勢海老にはあるのだもの。

去年も一昨年も、それでさんざんな目にあった。

こういう時、ペンギンは全く戦力にならない。

足を引っ張ることはあっても、キャーキャー騒ぐばかりで、とどめをさすのは私だ。

でももう二度と、伊勢海老に包丁を入れたくない。

かといって、また海まで放しに行くこともできないし、このままペットとしてわが家で飼うのも現実的でない以上、食べるしかないのだ。

ということで、今年は丸ごと蒸すことにした。

それなら、包丁を使わずに済む。


箱をあけると、すぐに伊勢海老がなきだした。

ギシギシ、ギシギシ、ないている。

入っているのは、立派な2匹。

外に飛び出さんばかりの勢いで、背中を丸めて暴れている。


軍手をはめ、そのまま蒸し器に移動した。

ふたを押さえていないと飛び出しそうなので、それはペンギンにやってもらう。

だんだん中の温度が高くなるにつれて、伊勢海老が暴れだした。

ふたを持ち上げ、出ようとする。

ペンギンは、怖い怖いと言いながら、必死にふたを押さえていた。

小学生くらいの時に、学校の授業で生きた伊勢海老を調理したら、きっと、食べ物を粗末にしなくなるのではないかと思った。

蒸し器の中の伊勢海老2匹は、体（殻）が赤くなって、もう成仏したかな？　と思っても、まだ体を動かしてもがいている。

まさに、断末魔だ。

蒸し器のふたが透明で助かった。

ごめんなさいね、ごめんなさいね、と伊勢海老さんに心の中で謝り続けた。


あまり火を通すと美味しくなくなってしまうので、動かなくなってからわりとすぐに火を止める。

しばらく余熱で蒸してから、殻を割って身を取り出した。

頭の中からとろっとろの味噌がたっぷり出てきたので、それと醤油を合わせ、そのソースに身をからめていただく。

美味しかった。

今までの調理法でもっとも美味しかった。

このやり方だと、包丁も使わなくてすむし、無駄が出ない。

なーんだ、今までもこうやって食せばよかったのだ。

ということで、やっぱり来年も、伊勢海老が届いたらうれしいです。


今日は、殻から出汁を取って、スープにした。

まずは殻だけを水からコトコト煮て、海老のいい風味がしてきたら殻を捨て、そこに野菜を入れる。

今回は、冷蔵庫に残っていた、長ネギと大根、それにじゃが芋を入れた。

野菜が柔らかくなったら火を止め、それを攪拌《かくはん》。

最後に、バターと塩と白味噌で味をととのえて、完成だ。

これぞ、しまつのスープ。

伊勢海老は、殻からも極上の出汁が取れるので、これをしなきゃもったいない。

すばらしくいい味のスープになった。

伊勢海老も野菜も無駄なくいただくって、気分がいいものだ。

サザエの方は、サザエご飯にして、こちらも美味しくいただいた。

ゆず仕事　12月25日

冬至が過ぎたと思ったら、もうクリスマスだ。

今年は、大好きな焼き菓子屋さんが産休のため、毎年恒例のシュトレンが食べられない。シュトレンを薄く切りながらクリスマスが近づくのを楽しみにしていたので、それがない分、クリスマス感も薄いようだ。


今日は、青空のクリスマス。

昨日ゆりねの散歩で近所を歩いていたら、もう梅の蕾《つぼみ》がふくらんでいた。ぽっちりして、ひなあられみたいで、梅は、花よりも蕾の方が好きかもしれない。

この季節になると、方々からゆずをいただく。

近所でも庭になったゆずをどうぞと言ってくださるお宅があって、見るとつい、ゆずを連れて帰ってしまう。

皮を使う分は、濡れた手ぬぐいにでも包んで、ポリ袋に入れて保存すると、いつまでも皮にハリがあって、かなり長持ちする。

濡れた手ぬぐいに包まずそのままをラップに包むと、皮を切った切り口から傷んで、すぐにグジュグジュになってしまう。


以前はゆず茶用にゆずジャムを大量に作っていた。

でも、わが家にはまだいろんなジャムが残っているので、作る必要がない。

たくさんあるゆずをどうしようかと悩んでいたら、画期的な方法でゆず仕事をされている方と出会った。

その方は、ゆずを半分にし、種だけとって、あとはそのまま薄甘い砂糖水で軽く火を通すだけだという。

さっそく、真似してやってみた。

いつも驚くのは、ゆずの種の多さだ。

半分にすると、びっしりと種が詰まっている。

これまでは、皮と中の身を分けて、さらに皮を細く刻んでと、半日かかってやっていた。

けれどこの方法だと、あっという間にできてしまう。

煮るのは、ごく薄い砂糖水で、私はそこにクローブをいくつか入れてみた。

弱火で火を通すと、わりとすぐに、ゆずが透き通ったような色になる。

あまり火を通しすぎても形が崩れてしまうので、適当なところで火をとめる。

最後に、ブランデーを少々。

これにはちみつを足してお湯でわると、いい感じのゆず茶になった。

これなら、気負わずに作れていいかもしれない。


大量に出た種は、化粧水として再利用している。

種に水を注いでおくだけだけど、種の周りにあるプルプルの成分が、肌に潤いを与えてくれるので、とても気持ちがいい。

願わくば、全身にこのゆず水をつけたいくらい。


ゆずって、本当に好き。

ゆずがあるだけで、冬がぐんと楽しくなる。
ゆりねからも、メリークリスマス！！！
すてきな夜を、お過ごしくださいませ。

ほがらかに、すこやかに、　12月31日

だてまき屋いとちゃん、無事終了。

去年は風邪をひいてしまい、おせちは一切作れなかった。

今年は、年末に地方へ行っていたこともあり、準備としては極めてミニマム。

それでも、基本的な3品は、完成した。


だてまきは、一本目はいつも、ありゃりゃりゃりゃりゃりゃ、の出来になってしまう。

なにせ作るのが年に一回きりなので、勘所がわからない。

卵焼き器もほぼ年に一回の出番なので、お互いの息が合わないのだ。

それで、一本目はいつも、自宅用になる。今年の一本目も、まさに阪神タイガースだった。

けれど、2本、3本と焼くうちに卵焼き器も慣れてくるし、私もコツがつかめるようになって、いい出来になる。

2本目は、まぁまぁ、3本目は、パーフェクト、4本目はブラボー！　な仕上がり。

面白くなって、このままだてまきを焼きながら、年を越したいような気分になる。

来年まで焼き続けたら、びっくりするようなだてまきが完成するのだろうけど。

そんなに焼いても食べられないので、今年は4本で店じまい。

また来年にそなえて、道具をきれいに洗っておく。


ちなみに、だてまきの手順はこんな感じ。

材料をすべてすり鉢で混ぜたら、卵焼き器に卵液を入れ、弱火にかける。

卵は、一本につき5個使う。

焼き色がついたら、そのままの状態で、一度お皿に移動させる。

お皿をくるっと返して卵焼き器に戻し、裏側にも火を通す。


クレーターができても、ご愛嬌ということで……。

最初に焼いた面が内側にくるようにして、くるくる巻いて、輪ゴムで形を固定する。

黒豆は、今年は京都の錦市場《にしきいちば》で買ってきた、滋賀県産の特大ぶどう豆。

他にも、ごまめや酢だこができたから、上出来だ。

これで気持ちよく新年を迎えることができる。

自分にとって今年一番のニュースは、なんといっても、ラトビアと出会ったこと。

来年からはいよいよ『ミ・ト・ン』の連載が始まるし、ラトビアがもっともっと身近になる。

ところで、ラトビアには十得というものがあり、それらはラトビアの人たちが生きていくうえで、とても大切にしていること。

「～してはいけない」と戒《いまし》めるのではなく、「～しましょう」と呼びかけるものだ。

～してはいけない、という戒律にしてしまうと、人間はどうしてもそれを破ってみたいという邪《よこしま》なこころが芽生えるので、ラトビアに残る自然崇拝には戒律というものが存在しないという。

十得は、「正義」や「貢献」「勤勉」「親愛」「歓楽」などだが、それを私なりの日本語で解釈すると、こんな感じになる。

正しいこころで、隣人と仲良くしながら、誰かのために、まじめに楽しく働いて、分をわきまえ、清らかに美しく、感謝の気持ちで、ほがらかに、気前よく、相手をうやまうと。

どれも、生きるうえでとても大切なことだ。

ということで、来年の目標は、ほがらかに、すこやかに、日々を大切にしながら暮らすこと。

今年は、なんだかんだ、自分にとっては落ち着いたいい一年だったように思う。

来年も、ここぞ、という時にふんばれるよう、ふだんは肩の力をぬいて、ふにゃふにゃなこころと体でいることを心がけよう。

とにかく、健康がいちばんだ。

さてと、これからコロの実家におせちのおすそ分けを届けて、それからペンギンとゆりねと、大晦日の富士山を見にちょっくら遠出。

その間に、ルンバにお掃除をお願いし、帰ったら、晩ごはん。
今夜は天ぷらだ。
〆はもちろん、お蕎麦。
あ、散歩に行ったら、薬局で靴のなかに入れるカイロと屠蘇散《とそさん》も忘れずに買わないと。
お正月は、録画しておいたNHKの「新・映像の世紀」を見る予定だ。
この間第一回をちらっと見たけど、ものすごくよかった。
それから、ジャーナリストの安田純平さんがご無事とのこと。ホッとした。
どうぞみなさま、よいお年をお迎えくださいませ。
来年が、少しでも平和でありますように。

本書は文庫オリジナルです。

卵《たまご》を買《か》いに

小《お》川《がわ》糸《いと》

平成30年2月10日　初版発行

発行人——石原正康
編集人——袖山満一子
発行所——株式会社幻冬舎
〒151-0051東京都渋谷区千駄ヶ谷4-9-7
電話　03(5411)6222(営業)
　　　03(5411)6211(編集)
振替00120-8-767643
印刷・製本—中央精版印刷株式会社
装丁者——高橋雅之

幻冬舎文庫

ISBN978-4-344-42696-2　C0195　お-34-12

幻冬舎ホームページアドレス　http://www.gentosha.co.jp/
この本に関するご意見・ご感想をメールでお寄せいただく場合は、
comment@gentosha.co.jpまで。